빨치산 구연철 생애사

신불산

신불산 2 (큰글씨책)

초판 1쇄 발행 2019년 4월 10일

지은이 안재성
펴낸이 강수걸
편집장 권경옥
펴낸곳 산지니
등록 2005년 2월 7일 제 333-3370000251002005000001호
주소 부산광역시 해운대구 수영강변대로 140 BCC 613호
전화 051-504-7070 | 팩스 051-507-7543
홈페이지 www.sanzinibook.com
전자우편 sanzini@sanzinibook.com
블로그 http://sanzinibook.tistory.com

ISBN 978-89-6545-592-9 04810
978-89-6545-590-5 (세트)

* 책값은 뒤표지에 있습니다.
* 이 도서의 국립중앙도서관 출판예정도서목록(CIP)은 서지정보유통지원시스템 홈페이지(http://seoji.nl.go.kr)와 국가자료공동목록시스템(http://www.nl.go.kr/kolisnet)에서 이용하실 수 있습니다.(CIP제어번호: CIP2019012107)

빨치산 구연철 생애사

신불산

②

안재성 지음

산지니

| 차례 |

8. 삶과 죽음

혹독했던 1951년 겨울을 무사히 넘긴 구연철은 아무것도 두려울 것이 없는 전사로 성장해 있었다. 굳이 서열을 따지자면 제4지구당의 열 번째 안에 드는 중견간부로서 제3지구당 영역인 울산, 양산, 경주지역의 문제에 관한 한 독자적인 결정권도 가지게 되었다.

강인한 봄풀들이 언 땅을 비집고 일어나기 시작할 무렵이었다. 조직부 산하의 하부 지도원 세 명을 데리고 이동하는 길이었다. 유격대는 보급품 조달하러 가는 것조차 보급투쟁이라 부르듯이 모든 활동을 투쟁이라고 불렀는데 당 활동가들은 공작이라고 불렀다. 정확히 말하자면 양산군으로 대민공작을 나갔다가 경주 토함산 방면에 있는 제3소지구당 본부로 밤을 타 이동하는 길이었다.

울산과 경주를 잇는 비포장도로는 빨치산의 사냥터와 같은 곳이었다. 밤낮없이 오가는 군용트럭이며 지프들은 먹잇감이

나 마찬가지였다. 남도부 부대가 헤아릴 수 없이 기습작전을 벌여 번번이 성공한 곳이었다. 구연철 일행이 도로를 횡단하려고 행군하고 있던 그날 밤에도 간간이 군용트럭이며 지프차들이 지나가고 있었다.

어두운 밤길을 따라 약간의 간격을 두어 두 사람을 앞세우고 뒤로 한 사람을 따라오도록 배치해 행군하고 있던 구연철은 문득 호기가 일었다. 전조등을 밝힌 채 뽀얗게 먼지를 날리며 달리는 군용차량들을 보니 저것들 한 번 혼내주고 가야겠다는 생각이 들었다. 대규모 작전이면 몰라도 소규모 기습작전 정도는 전결권을 가질 수 있는 당 간부라는 자부심도 있었다.

총기는 충분했다. 대원들은 미군으로부터 노획한 카빈 소총으로 무장했고 구연철은 엠투 소총으로 무장하고 있었다. 보통 미군이 사용하는 엠원 소총은 총알이 열 개 들어가는 탄창밖에 끼울 수 없고 방아쇠를 당길 때마다 한 발씩만 나가는 단발식이었다. 반면 엠투 소총은 서른 발짜리 탄창을 끼울 수 있고 손가락을 당기고 있으면 기관총처럼 연사가 가능했다. 당 간부들은 체포될 경우 자살할 수 있도록 권총이 주어졌다. 조직부장인 그도 엠투 소총 외에도 권총으로 이중무장을 하고 있었다.

구연철은 앞뒤 대원 셋을 불러 모았다. 울산 읍에서 경주 방면으로 십 킬로미터쯤 올라가는 울산군 호계마을 근방이었다.

계단식 논의 논두렁 밑에 모여 앉게 하고 말을 꺼냈다.

"동무들, 우리 미군 트럭들 한번 두들기고 가는 게 어떻겠소?"

세 사람은 마치 기다렸다는 듯이 맞장구를 쳤다.

"부장 동지, 좋습니다! 한판 칩시다. 한판 벌려 보급 좀 해 갑시다."

동계공세에서 살아남은 대원들이라 겁도 없었다. 중무장한 병력이 탑승했을지도 모를 트럭들을 단 네 명이 공격하는 것은 무모한 짓이었지만 22살의 구연철이나 하부대원들이나 아무 두려움 없이 결정해버렸다.

도로가 바로 내려다보이는 논까지 진출한 네 사람은 납작하게 엎드려 만만한 차량이 나타나기를 기다렸다. 얼마간 기다리고 있으려니 어둠을 뚫고 차 한 대가 나타났다. 조금 이상하다는 생각은 들었다. 보통 미군트럭은 고무타이어 튀는 소리를 내며 거침없이 자갈길을 달려가는데 그 차는 속도도 느리고 바퀴 구르는 소리도 달랐다. 전조등 모양으로 보아 탱크가 아닌 것은 확실했다. 느리게 움직이니 쏘아 맞추기는 더 좋겠다고 판단했다.

가까이 다가오기를 기다렸다가 구연철이 먼저 방아쇠를 당겼다. 거의 동시에 다른 세 사람도 총알을 퍼붓기 시작했다. 정확히 날아간 총알들이 철판에 맞으며 불똥을 일으켰고 차는 그 자리에 우뚝 섰다. 몇 방 더 갈기니 전조등까지 딱 꺼졌다.

"성공이다!"

차가 파괴되었다고 생각한 네 사람은 부지런히 빈 탄창을 뽑아내고 새 탄창을 끼웠다. 평소 경험대로라면 탑승한 사병들은 벌써 놀라 달아났을 것이었다. 느긋하게 공포를 쏘아대며 내려가 보급품을 챙기면 그만이었다. 새 탄창을 끼운 네 사람은 뛰어 내려가려고 몸을 일으켰다. 그때 돌연 차의 전조등이 다시 켜졌다.

"뭐꼬?"

네 사람은 한 번 더 혼을 내야겠다 생각하고 다시 엎드려 사격자세를 취했다. 그런데 바로 그 순간 엄청난 굉음을 울리며 총알이 날아오기 시작했다. 분명 개인화기 소리가 아니었다. 탱크에나 장착하는 중기관총 소리였다. 우두두둑 소리와 함께 날아온 총알들이 네 사람이 엎드린 논둑이며 주위의 바위에 박혀댔다.

"이 뭐꼬?"

차가운 논바닥에 얼굴을 처박고 엎드려 있는데 정신이 하나도 없었다. 한참 총탄을 퍼부은 차는 사격을 멈추고 다시 천천히 움직이기 시작했다. 분명 수십 발의 총탄을 쏘아 맞췄는데 다시 움직이다니, 네 사람은 놀란 가슴을 진정시키며 살짝 고개를 들어보았다.

포는 장착하지 않았지만 사방에 철갑을 두른 것이 작은 탱크 같았다. 그제야 말로만 듣던 장갑차라는 것을 알았다. 다른 세 사람도 장갑차를 처음 보았기 때문에 멍하니 바라보기만 했다. 다시는 총을 쏠 엄두도 못 낸 채 장갑차가 멀리 사라지도록 납작 엎드려 있었다.

허무하게 실패를 했으나 소총으로 장갑차를 공격하고도 아무도 부상당하지 않은 것만도 다행이었다. 네 사람은 장갑차가 멀리 사라진 후에야 놀란 가슴을 쓸어내리며 일어섰다. 서로 눈이 마주치니 슬그머니 웃음이 나왔다. 네 사람은 서로를 손가락질하며 한참을 웃어댔다.

다시 행군을 시작해 들을 건너니 무릉산이 나타났다. 해발 452 고지밖에 안 되었으나 주변이 야산지대이고 산 너머가 바로 동해바다라서 우뚝 솟아 보이는 산이었다. 벌써 새벽이 다가오고 있었다. 다음 날의 활동을 위해서는 어디선가 숙영을 해야 하는데 무릉산에 들어갔다가는 반드시 토벌대를 만날 것 같았다. 비록 실패했지만 장갑차 공격 사건이 보고되어 토벌대가 출동할 게 뻔했다.

누가 보더라도 저곳은 숨을 데가 못 된다고 생각할 곳이 빨치산에게는 가장 적합한 은신처였다. 계단식 논들로 이뤄진 골짜기를 사이에 두고 무릉산과 마주한 야트막한 야산이 눈에 들어왔다. 발각되면 달아날 새도 없이 몰살당할 만한 곳이었다. 그만큼 적의 관심을 끌지 않을 곳이기도 했다.

야산에 들어가 찬찬히 주위를 살펴보니 빗물에 파여 나갔으나 물은 흐르지 않는 마른 도랑이 보였다. 사람 하나가 들어가 쭈그려 앉으면 딱 맞을 비좁은 도랑이었는데 주변에 잡목들이 자라나 눈에도 잘 띄지 않았다. 네 사람은 서로 조금씩 떨어져 골 안으로 기어들어갔다.

도랑에 쪼그려 앉아 얼마쯤 졸고 있으려니 날이 밝아왔다. 배가 고파 죽을 맛이었으나 연기를 피울 수도 없어 생쌀을 씹으며 바깥 상황을 살펴보았다.

예상대로였다. 이슬도 마르지 않은 이른 아침부터 대규모 토벌대가 나타났다. 배낭까지 완전군장을 한 병력들이 떼 지어 무룡산으로 올라가는 것이 보였다. 직선거리로 불과 수백 미터 사이였다. 군인의 일부는 토함산 방면으로도 올라갔는데 구연철이 숨은 야산 쪽은 거들떠보지도 않았다.

움직거리기도 힘든 흙 틈에 불편한 자세로 쪼그린 채 계속 지켜보고 있노라니 얼마 지나지 않아 빵빵 총성이 들리기 시작했다. 누군가 다른 빨치산 부대가 있었거나 아니면 대나무밭이나 바위틈 사이에 무작정 사격을 가하는 게 분명했다.

이남에서 산세가 가장 크다는 지리산조차도 한나절이면 산정까지 오를 수 있었다. 두어 시간이면 관통할 수 있는 무룡산에 숨어 대규모 토벌대를 만나면 몰살당하는 도리밖에 없었다. 일 년 반 넘게 산 생활을 해온 구연철의 경험이 모두를 살린 셈이었다.

온종일 물 한 모금 못 마시고 생쌀만 씹으며 버티고 있으려니 해가 저물어갔다. 비로소 토벌대의 철수가 시작되었다. 퇴각을 알리는 호각소리와 총성이 울리더니 여기저기 산속에서 떼 지어 내려오는 모습이 보였다.

다시 밤을 이용해 이동하려고 마음먹었다. 그런데 국군 1개 소대병력이 본대로부터 벗어나더니 동쪽으로 행군하는 모습이 눈에 들어왔다. 망원경이 있다면 얼굴까지 선명히 알아볼 만한 가까운 거리였다. 그쪽으로 가면 방어진 바닷가밖에 안 나오는데 어디로 가는 걸까 궁금해 지켜보았다.

국군 소대는 나직한 고갯길을 만나자 행진을 멈추더니 흙길 양편에 길게 자리를 잡고 앉았다. 좀 더 지켜보니 배낭까지 벗어놓고 편한 자세로 앉아 날이 어두워지도록 이동을 하지 않았다.

매복에 들어간 것이 틀림없었다. 매복은 밤중에 눈에 띄지 않게 나가야 하는 게 원칙이었다. 사방에서 다 볼 수 있는 대낮에 매복을 시작하는 것은 군사작전의 기본도 모르는 짓이었다.

독수리가 고기를 보면 탐을 내듯이, 구연철의 마음속에 또다시 호기가 일었다. 사방에서 다 보이는 곳에 배낭까지 벗어놓고 있을 정도로 군기가 빠진 부대라면 한 번 칠 만하다는 생각이었다. 병력이 열 배에 이르고 무기가 아무리 좋아도 불의의 기습에 당할 수는 없다는 게 그동안의 경험이었다. 구연철은 어두워지기 전에 세 사람을 불러 모아놓고 속닥였다.

"동무들, 배고프지요? 소지구당까지 가려면 밤새도록 또 걸어야 할 텐데 우짤기요? 여기서 한 건 해서 식량도 챙기고 보급품도 챙기는 게 어떻겠능교?"

어젯밤에도 한바탕 혼이 났는데 또다시 소대 병력을 치자는 말에 두 사람은 뜨악한 표정이 되었는데 제주도 출신 임영길이 씩씩하게 맞장구쳤다.

"부장님 합시다! 배고파 밤새 못 걷겠소."

제주도에서 중학교까지 다닌 임영길은 아는 것도 많고 머리도 좋아서 구연철이 연락병처럼 데리고 다니던 친구였다. 임영길이 적극적으로 나서자 다른 두 사람도 싫다는 말을 못하고 동의했다.

"좋소, 그럼 저것들이 고단할 때까지 기다렸다가 자정쯤 때려버립시다!"

다시 골 안에 웅크리고 앉아 밤이 깊기를 기다리는 데 영 시간이 가지를 않았다. 배는 고프고 목도 마르니 한 시간이 하루보다 더 길게 느껴졌다. 기다리다 지친 네 사람은 아홉 시가 넘자 조심스럽게 이동하기 시작했다.

불과 수백 미터 정도밖에 안 되는 거리였다. 조금만 큰소리가 나도 총탄 세례를 받을 것이었다. 발자국 소리까지 죽여 멀리 산길로 돌아 접근해 들어갔다. 주변에 집 한 채 없는 깜깜한 산중이라 마른 나뭇가지 하나를 밟아도 몇 십 미터까지 소리가 들렸다. 한 걸음을 내디딜 때마다 발바닥을 휘휘 돌려 장애물이 있는가 확인한 다음 조심스럽게 살짝 내려야 했다. 빤히 보이는 곳에서 출발해 수십 미터 거리까지 접근하는 데 한 시간 넘게 걸렸다.

군인들은 저녁에 본 그대로 언덕길 바닥에 길게 줄지어 앉아 쉬고 있었다. 매복을 하려면 길보다 높은 숲속에 철저히 몸을 숨겨야 하는데 억지로 나오다 보니 아무런 전의도 없이 평평한 길바닥에 그대로 퍼져 앉아 배낭에 기대 쉬고 있는 것이었다. 별도의 감시병조차 세우지 않고 있었다.

네 사람은 군인들이 잠들기를 기다리며 초조한 시간을 보냈다. 재채기만 해도 집중 사격을 당할 만한 거리였다. 담배도 피울 수 없고 이야기도 나눌 수 없었다. 자꾸 시계를 보아도 바늘은 좀처럼 움직이지 않는 것만 같았다. 배고프고 지친 대원들은 자꾸만 조직부장의 얼굴만 쳐다보았다.

구연철 자신도 지루하고 긴장되어 더 버틸 수가 없었다. 11시 정각이 되었을 때 기다리라고 손짓을 해놓고 혼자 포복해 좀 더 가까이 다가갔다. 군인들 바로 위쪽에 묘지가 있어 엄폐물이 되어주었다. 봉분 뒤에 몸을 숨기고 조심스레 고개를 빼어 내다보니 철모들만 내려다보이는데 가까운 군인과는 불과 10미터 거리였다.

여기저기서 낮게 코 고는 소리가 들려왔다. 다들 지쳐 잠든 게 틀림없었다. 대원들에게 기어오라고 손짓을 했다. 나란히 엎드려 사격을 준비하는데 길 아래라 철모만 달빛에 반짝거릴 뿐 사람의 형상은 확인할 수가 없었다. 길도 일직선이 아니고 구불구불해서 길바닥으로 뛰어 내려간다 해도 한눈에 적을 확인할 수 없기 때문에 잘못하면 양쪽에서 사격을 당할 수도 있었다.

겁이 나지는 않았다. 이후 상황이 어떻게 되든 가까이 있는 몇 명은 사살할 수도 있었다. 하지만 피곤해 잠든 자들을 쏘아 죽이고 싶지는 않았다. 교전 중에는 서로 죽이려고 쏠 수밖에 없지만, 빨치산은 미군이든 국군이든 일단 포로로 잡으면 잘 타일러 살려 보내는 게 원칙이었다. 정치위원 안철과 남도부가 항상 하는 말이기도 했다. 빨치산은 사람을 죽이기 위해 싸우는 게 아니라 살리기 위해 싸운다는 것이 구연철 자신의 신념이기도 했다. 무방비 상태로 잠들어 있는 저들도 다 같은 조선의 젊은이라는 생각이 들었다. 미국과 이승만 군대에 의해 강제로 끌려온 이들이 대부분일 것이었다. 그러니 저렇게 아무 전투 의지도 없이 졸고들 있는 것이라는 데 생각이 미치니 차마 조준사격을 할 수가 없었다.

구연철은 다가온 대원들에게 죽이지는 말고 소란만 피워 쫓아내버리고 보급품이 든 배낭만 챙기자는 뜻을 전달했다. 다른 대원들도 찬성이었다. 잠시 숨을 고른 다음 먼저 구연철이 벌떡 일어나 목청껏 고함을 지르며 엠투 소총을 난사하기 시작했다.

"인민공화국 만세!"

다른 대원들도 함께 외치며 일제히 총을 갈겨댔다. 지리산의 이현상 부대는 공격할 때마다 나발을 불어 토벌대의 혼을 빼놓곤 했다. 나발 대신 고함을 질러 존재를 알린 것이었다.

고요한 밤중에 울리는 소총소리는 엄청났다. 졸고 있던 병사들은 혼이 빠져 대응할 생각도 못하고 길 아래 언덕으로 마구 굴러내려 정신없이 달아나기 시작했다. 응사하는 총성 하나가 없었다.

탄창을 갈아 넣고 내려가 보니 텅 빈 길바닥에 배낭이며 소총들만이 널려 달빛을 받고 있었다. 총에 맞아 쓰러져 있는 병사는 보이지 않았다. 병사들은 길 아래 가파른 언덕을 구르기도 하고 뛰기도 하며 정신없이 달아나고 있었다.

짧은 순간, 저렇게 겁 많은 젊은이들을 잡아다 살인자로 만드는 전쟁이 슬프다는 생각이 스쳐갔다. 저렇게 순해 빠진 농민의 자식들을 데려다 수십 만 명의 양민과 보도연맹원들을 학살하게 만든 이승만 정권에 대한 증오심도 스쳐갔다.

이런 마음이 구연철과 같은 빨치산만의 것도 아니었다. 군인들 중에도 이승만 정권을 혐오하는 이가 적지 않았다. 어쩔 수 없이 토벌대로 내려와 빨치산을 잡으러 다니면서도 일부러 총알을 무더기로 놓고 가거나 빨치산이 지나는 것을 눈치 채고도 못 본 척하여 살려주는 경우가 종종 있었다. 공산주의 이론에 동조하지 않더라도, 같은 민족의 젊은이를 차마 죽일 수 없어 한 명이라도 더 살리려 애쓰는 장교들도 없지 않았다.

"만세! 인민공화국 만세!"

기분 좋게 만세를 삼창한 후 노획품 수확에 들어갔다. 바닥에 널린 배낭들이 모두 돈다발이라도 되는 듯 신이 났다. 그 자리에서 열어볼 수는 없었다. 토벌대가 대열을 정비해 돌아오기 전에 서둘러야 했다. 네 사람은 닥치는 대로 양 어깨에 배낭을 하나씩 둘러메고, 머리에도 이고 등에도 지고 새 총도 한 자루씩 집어 들고 현장을 벗어났다.

무거운 짐을 지고 한 시간은 넘게 산길을 걸어서야 마음 놓고 짐을 풀어 보니 별게 다 들어 있었다. 미군이 공급한 식량 통조림부터 수류탄, 실탄, 의약품까지 없는 게 없었다. 우선 건빵이며 과자 따위부터 허겁지겁 먹어댔다. 배를 채운 후에는 실탄과 수류탄에 식량만 골라 챙겼다. 총이며 미제 깡통같이 무거운 것들은 당장은 필요도 없으니 기억하기 좋은 나무 밑을 파고 묻어 두었다. 그리고 기분 좋게 다시 한 번 인민공화국 만세를 외치고 서둘러 그 자리를 빠져나왔다.

장갑차 기습의 실패를 만회한 통쾌한 기쁨은 이루 말할 수 없었다. 구연철이 겪은 헤아릴 수 없이 많은 전투 중에서 가장 유쾌한 사건이었다. 함부로 정면대결을 하지 않고 소규모 병력으로 적의 약점을 노려 치고 빠지는 유격전의 전형적인 사례이기도 했다. 그날의 사건에 대해 나중에 민간 정보원을 통해 확인해 보니 총을 맞은 군인은 없고 사병 둘이 언덕길을 뛰어 달아나다 굴러서 다친 게 전부라고 했다.

하지만 이렇게 신나는 사건은 거의 없었다. 전쟁은 결코 아이들의 전쟁놀이가 아니었다. 전쟁터에 투입된 그 누구도 행복하게 만들 수 없는 비극이었다. 수많은 전투 속에 수많은 동료들의 죽음을 보았지만 그중에서도 잊을 수 없는 기억들이 있었다.

1952년 겨울이었다. 미군사령부는 또다시 대규모 전방부대를 남하시켜 남부지역의 빨치산 소탕에 들어갔다. 구연철로서는 세 번째 맞는 산중의 겨울이자 두 번째 맞는 동계공세였다.

여섯 명의 대원을 이끌고 대민공작을 나갔다가 소지구당 본부로 돌아오는 길에 노출되어 토벌대에게 포위가 되고 말았다. 토함산 줄기였다. 혹독한 추위 속에 불 한 번 쪼이지 못하고 며칠 째 이동을 하던 대원들은 지칠대로 지쳐 있었으나 몰래 포위망을 빠져나갈 도리가 없었다.

당시 제3소지구당에는 백두흠 부대 50여 명이 배속되어 있었으나 구연철 일행과 반대편인 울산군 두동면에 있어 서로 연락을 할 수가 없었다. 여섯 명 대원이 결사적으로 싸워 뚫고 나갈 수밖에 없었다.

대원 중에는 소녀가 하나 있었다. 울산군 두동면 출신으로 부모가 둘 다 남로당원이었다. 부모는 전쟁이 터지기 전인 1949년에 지하당 활동이 드러나자 검거를 피해 입산하면서 외동딸이던 그녀를 고모 집에 맡겨놓았다. 자식들 먹여 살리기도 힘든 고모 집에 얹혀 학교를 다니던 아이는 미안한 마음에 견디지 못하고 전쟁이 터지던 해에 자기 발로 부모를 찾아

산으로 올라왔다. 열여섯 살밖에 안 될 때였다.

막상 산에 올라오니 어머니는 토벌대에 쫓기다가 체포될 위기에 처하자 자살해버렸고 아버지는 다른 지역으로 파견 가고 없었다. 울산군당은 고모 집으로 돌아가라고 달랬으나 소녀는 싫다고 버텼다. 강제로 내려 보낼 수도 없고 전투를 시킬 수도 없던 군당은 지도부 가까이 두고 공부를 가르치며 돌봐주었다. 소녀의 아버지도 얼마 후 전사했지만 본인에게는 도저히 알려줄 수가 없었다.

소녀는 2년 가까이 산 생활을 하며 몸도 성숙해지고 성품도 씩씩해졌다. 자연히 대민사업에도 조금씩 따라 나서게 되고 소총을 주면 보초도 곧잘 섰다. 지도부는 어엿한 처녀로 자라 대원이 된 그녀에게 김서형이라는 가명을 붙여 구연철의 조직부에 배속시켰다.

구연철은 고만한 나이의 소녀들이 다 그렇듯이 사소한 일에도 잘 웃고 잘 감동하는 김서형을 각별히 귀여워했다. 공부하기를 좋아했기 때문에 시간이 날 때마다 이론학습을 시켜주었는데 얼마나 열심히 듣고 잘 기억하는지 몰랐다. 전투력도 남성 대원들과 별 차이가 없이 민첩하고 영리해서 당당히 한 몫을 하고 있었다.

대원들을 불러 모아 결사투쟁으로 포위망을 뚫기로 결의를 다진 구연철은 김서형과 임영길을 데리고 토벌대를 저지하는 역할을 맡았다. 나머지 네 대원은 포위망을 뚫을 길을 찾기로 했다.

세 사람은 산기슭에 엎드려서 밀려오는 토벌대를 향해 사격을 가하기 시작했다. 교전이라 해서 무한정 총을 쏘아대는 것은 아니었다. 가진 총알이 제한되어 있기 때문에 적의 동향을 지켜보고 있다가 누군가 머리를 내민다거나 이동을 하려 하면 한 발씩 겨냥해 쏘았다. 토벌대도 빨치산에 대한 두려움 때문에 필사적으로 덤벼오지는 않았다. 가끔 총탄을 날려주면 자기들도 뻥뻥 허공에 쏘아댔다. 그렇게 몇 시간씩 대치하다가 어두워지면 교전을 멈추고 서로 다른 곳으로 이동하는 게 보통이었다.

그날도 그렇게 한동안 대치를 계속하고 있을 때였다. 5미터쯤 떨어진 바위 뒤에 몸을 숨기고 총을 쏘고 있던 김서형이 갑자기 옆으로 푹 쓰러졌다.

"부장동무…… 부장동무……."

고통스럽게 부르는 소리에 깜짝 놀라 낮은 포복으로 기어가 보니 복부에 붉은 피가 번지고 있었다. 총탄이 복부를 관통해버린 것이었다. 총알 들어간 부분은 크지 않았으나 등으로는 주먹이 들어갈 정도로 구멍이 나 있었다. 최대한 낮은 자세로 사격을 해야 하는데 구연철이 보이지 않으니까 찾으려고 몸을 일으켰다가 바로 맞아버린 것이었다.

임영길이 혼자 국군을 막고 있는 사이 손을 써보려 했지만 도리가 없었다. 팔다리의 총상이라면 지혈하고 소독약이라도 뿌리겠지만 복부에 구멍이 나버린 환자를 응급 처치할 방법은 없었다.

"김 동무, 정신 차려! 저놈들 물리치고 보살펴줄 테니까 정신 잃으면 안 돼!"

터져버릴 것 같이 아픈 마음을 억누르며 일단 옆으로 눕혀 놓고 교전을 계속해야만 했다.

"조금만 기다려. 조금만 있으면 어두워지니까 저놈들 물러날 거야."

계속 말을 시키며 총을 쏘아대는 사이 겨울 오후는 빠르게 저물어갔다. 다행히 토벌대는 어둠과 함께 사격을 멈추고 뒤로 물러났으나 완전히 퇴각을 하지는 않고 들판에 매복을 하는 모습이 보였다. 포위망을 유지한 채 다음 날 다시 공격해 오기 위함이었다.

일단 어두워졌으니 빠져나갈 확률이 높아졌다. 탈출구를 확보하려고 갔다가 포위망을 뚫지 못한 채 제각기 교전을 벌이던 대원들도 모두 돌아왔다. 김서형은 그때까지도 숨이 붙어 있었다.

"김 동무, 정신 차려! 우리가 꼭 살려줄게!"

"서형 동무! 정신 좀 차려 봐. 한 시간만 더 기다려 봐. 완전히 어두워지면 포위망을 뚫고 의무대에 데려갈 테니까 한 시간만 기다려 봐!"

진심이었다. 완전히 어두워지고 국군들이 취침에 들어가면

초병들 따위는 얼마든지 따돌릴 수 있었다. 포위망만 뚫을 수 있다면 등에 업고 몇 십리라도 뛰어가 소지구당 의무병에게 보일 수 있을 것 같았다. 하지만 동료들의 애타는 호소에도 그녀는 점점 의식을 잃어갔다.

"서형이 정신 좀 차려 봐. 서형아 정신 좀 차려라 제발!"

나중에는 동무라는 호칭도 잊은 채 애타게 호소했다. 자꾸 눈물이 나와서 참을 수가 없었다. 눈물을 보이지 않으려고 고개를 돌린 채 위로하고 또 위로했다. 다른 대원들도 이를 악물고 고개를 떨군 채 눈물을 닦고 있었다.

얼마나 울음을 참고 있었을까, 김서형이 마지막 힘을 모아 손을 내미는 것이었다. 얼른 잡아주니 벌써 차갑게 식어가고 있었다. 그녀는 메마른 입술로 온 힘을 모아 말했다.

"부장 동무, 나 잘 싸웠다고 말해주세요. 나 잘 싸웠지요?"

이를 악물고 울음을 참고 있던 대원들이 흐느껴 울기 시작했다. 구연철은 곱고도 작은 그녀의 손을 부여잡은 채 떨리는 목소리로 대답해주었다.

"그래 서형아 정말 잘 싸웠다. 정말 잘 싸웠어. 조국이 너를 기억할 거야…… 서형이를 꼭 기억할 거야……."

얼마나 흐느꼈을까, 김서형의 손은 완전히 식어버렸다. 눈은 반쯤 감긴 채였다. 마저 눈을 감기려 손으로 얼굴을 덮었지만 떼어낼 수가 없었다. 눈두덩 위에 손을 얹은 채 고개를 푹 숙이고 눈물을 흘리고 있으려니 온갖 감정이 밀려왔다.

시대를 잘 타고 났다면 부모님 밑에서 예쁜 교복 입고 학교 다니며 한창 피아노를 배우고 연극이니 영화나 보러 다닐 나이인데, 이 무슨 슬픈 운명인가 싶었다. 그녀뿐만이 아니었다. 산에 들어온 젊은이들 하나하나가 주변에서 흔히 볼 수 없는 사람들이었다. 태생이 선량하고 이타적이다 보니 조국의 불행과 민중의 고통을 두고 보지 못하고 생명을 바치러 들어온 사람들이었다. 하나같이 두뇌도 좋고 대인관계도 좋아서 시대만 잘 타고 났다면 사회를 이끌어갈 사람들이었다. 이 아까운 사람들이 하나씩 하나씩 죽어간다는 것이, 이미 수십 만 명이나 죽어버렸다는 것이 가슴이 터지도록 분했다. 이들의 죽음으로 조국의 미래가 얼마나 오랫동안 어둠에 빠져 있을 것인가를 생각하면 모든 게 허무하게 느껴졌다.

울음소리조차 내지 못한 채 한참이나 숨죽여 흐느끼다 보니 다들 힘이 빠져버렸다. 아무도 입을 열지 않은 채 넋을 잃고 침통하게 앉아 있는데 한 대원이 조금 떨어진 곳에 그녀의 묘를 파기 시작했다. 달빛 아래 어둠 속에서 삽도 없이 깊이 파낼 수는 없었다. 다들 힘을 내어 일어나 맨손으로 큰 돌 몇 개를 뽑아내고 시신을 눕힌 다음 다시 돌을 주어와 덮었다. 토벌대는 전과를 증명하기 위해 빨치산의 시신을 들고 가거나 귀를 베어 가곤 했기 때문에 주변 땅과 구별되지 않도록 낙엽까지 뿌려놓았다.

밤을 틈 타 무사히 포위망을 뚫고 나오는데 발길이 떨어지지 않았다. 구연철은 몇 번이나 그녀가 누워 있는 산을 뒤돌아 보았다. 소지구당에 귀환하고도 며칠 동안 그녀의 죽음만 생각하면 눈물이 나왔다. 다른 대원들도 마찬가지였다. 다들 한동안 우울한 시간을 보내야 했다.

하지만 그 대원들도 얼마 못 가 하나씩 하나씩 죽어갔다. 땅이 얼어 돌멩이조차 들어내지 못한 채 낙엽 밑에 묻혀 흙으로 돌아간 대원도 있었고 토벌대 트럭에 던져져 읍내에 전시되었다가 강변 모래사장에서 기름에 적셔져 불태워진 사람도 있었다. 포탄이나 소이탄에 맞아 산산이 부서지고 불에 타 시신도 수습되지 못한 채 풀과 나무의 거름으로 사라진 사람은 더 많았다. 그해 겨울, 그리고 이듬해 겨울을 거치는 사이 모두 죽어 구연철 단 한 사람만이 살아남았다.

어디서 어떻게 죽었든 남은 동료들은 그가 누구인지 정확히 알지 못했다. 모두들 가명으로 일했고 과거 활동에 대해 묻는 것은 금기였기 때문이다. 같은 동네 출신이다 보니 본명을 알고 있던 경우도 없지 않았으나 수년간 함께 생명을 걸고 싸우면서도 서로의 진짜 이름을 알지 못하는 경우가 많았다.

김서형이라는 예쁜 가명으로 불리던 소녀대원에 대해서도 마찬가지였다. 묘지도 비목도 없이, 이름도 남김없이, 유일한 생존자인 구연철의 가슴에만 영원히 지워지지 않는 기억으로 남았다.

9. 생존

두 해째 계속된 대규모 동계공세로 세력이 급속히 약화되던 상황에서도 남도부 부대는 1952년 겨울부터 이듬해 2월까지 여섯 차례의 기습작전으로 군경 10여 명을 사살하고 트럭 3대를 불태웠다. 소총 50여 정과 실탄 3천 발, 로켓포와 폭약 등 다량의 무기도 노획했다. 예전에 비하면 형편없는 기록이었으나 정규군 사단 병력에 포위된 상황에서 이룬 쉽지 않은 전과였다. 그러나 종말은 빠르게 다가오고 있었다.

1953년 7월 27일, 마침내 3년간의 전쟁이 끝났다. 조선민주주의인민공화국이 정전협정에 서명한 상대는 이승만 정부가 아니라 미국이었다. 남북 사이에는 38선 대신 휴전선이 그어졌고 차가운 증오의 세월이 시작되었다.

휴전협정으로 중부전선의 전투는 끝났다. 그러나 남부지역의 산중 빨치산들에게는 죽음의 시작이었다. 중부전선에서 여유를 얻은 국군 대병력이 아무 제약도 없이 남부지역에 상주

하며 대토벌을 벌이기 시작했기 때문이다. 지난 두 해의 동계 공세는 그 전초전에 지나지 않았다. 수만 병력이 여름부터 내려와 이듬해까지 이 잡듯 산을 뒤지는 데는 어떤 용맹한 유격대도 견뎌내지 못했다.

군대는 경찰들과는 근본적으로 달랐다. 한 번 산에 올라오면 밤이 되어도, 아무리 추워도 내려갈 줄을 몰랐다. 고지마다 등성이마다 수백 개의 모닥불을 환하게 피워놓고 빨치산의 이동을 차단한 채 그물 치듯 한 곳으로 몰아 몰살시켜버렸다.

휴전이 성립되면서 빨치산에 대한 정책도 바뀌어 손만 들고 나오면 살려주었기 때문에 이탈자도 적지 않았다. 자진해서 이탈하거나 체포된 후 전향한 빨치산들은 거꾸로 국군 옷을 입고 동료들을 잡으러 산으로 올라왔다. 빨치산의 습성과 이동경로, 부대 주둔지를 정확히 알고 있는 그들의 존재는 피할 수 없는 위협이었다.

휴전 두 달 전인 5월 초순에 무전기가 고장 나 중앙당이나 인민군사령부와 연락이 두절되어 있던 제4지구당은 민간 정보를 통해 휴전소식을 접했다.

남도부는 조직적인 하산을 서두르는 한편으로 정규전이 끝났으니 빨치산과 토벌대의 싸움도 휴전하자는 제안이 든 유인물을 제작해 울산과 청도 일대에 뿌렸다. 하지만 이승만 정권은 아무런 응대도 하지 않았고, 토벌대는 그대로 밀고 올라왔다.

남도부는 인명피해를 최대한 줄이기 위해 전투를 자제하고 하산을 서둘렀다. 사실상 저항할 만한 세력도 없었다. 남도부의 7개 군단에 분산 장악되어 있던 신불산 일대 고지들은 이미 주인이 바뀌어 있었다. 1953년 겨울이 닥쳐올 무렵 제4지구당에 남은 인원은 고작 30여 명에 지나지 않았다. 사망자 명단에는 구연철이 존경하던 정치지도원 안철도 들어 있었다.

12명으로 구성되었던 제3소지구당도 이 해 늦가을에는 단 3명만이 살아남았다. 조직부장 구연철과 제주도 출신 임영길, 그리고 연락원까지 세 사람이었다. 연락원은 농민 출신으로 구연철보다 여러 살 많았는데 무학으로 산에 들어와 3년을 지내면서 글도 깨치고 이론학습도 상당한 수준에 이르러 육체적으로나 사상적으로나 뛰어난 전사가 된 사람이었다.

제3소지구당은 줄곧 경주 토함산 방면에서 거점을 옮겨가며 활동하고 있었는데 이 무렵에는 신불산의 지구당 본부와 연락도 두절된 상태였다. 지구당 연락원이 약속 장소로 오다가 토벌대에 사살되었기 때문이었다. 만나기로 한 장소에 재차 소지구당 연락원을 보내보았으나 연결이 될 리 없었다.

누군가 지구당 본부까지 직접 찾아가 연락을 재개해야 했으나 신불산까지 연락원을 혼자 보낼 수는 없었다. 휴전 이전만 해도 웬만한 대원이면 하룻밤에 백리 길도 쉽게 오갈 수 있었으나 온 사방에 매복이 깔린 이제는 성공 가망성이 거의 없었다.

소지구당의 활동은 유격활동을 보장하는 게 목표인데 유격대와 함께 있는 지구당과 연락이 끊겼으니 독자적인 대민공작은 의미가 없었다. 고민 끝에 토론에 들어갔다.

먼저 구연철이 투항은 절대 할 수 없다고 운을 떼자 임영길과 연락원도 강력하게 동의했다. 죽음을 각오하고 최후까지 투쟁하자는 결론이 났다. 그러기 위해서는 지구당 본부와 연락이 닿아야 했다. 지구당 본부와 유격대 사령부는 항상 같이 있으므로 일단 그쪽에만 붙으면 전투를 계속할 수 있으리라는 희망이었다. 세 사람은 함께 제4지구당을 찾아 나서기로 결정했다. 소지구당이 가지고 있던 주요 서류들은 땅을 파서 비장하고 나머지는 소각한 다음 식량과 침구들을 배낭에 구겨 넣고 길을 떠났다.

언제나처럼 밤을 타고 이동하는데 사방에 토벌대가 깔려 있어 예전처럼 속도를 낼 수가 없었다. 경주에서 신불산 초입의 태화강 상류까지 진출하는데 이틀이나 걸렸다.

희미한 달빛 아래 물안개를 피워 올리며 흐르는 강물이 아름다웠다. 그러나 바위와 나무로 뒤덮인 산악과 달리 시야가 널리 확보되는 강변이야말로 토벌대가 매복하기 딱 좋은 곳이었다. 어쩐지 기분이 좋지 않았으나 달리 방법이 없었다. 물도 깊지 않아 맨몸으로 건널 만했다.

세 사람은 만일의 사태에 대비해 제2의 접선장소를 정해놓고 차례로 강을 건너기로 했다. 연락원이 앞장섰다. 연락원은 언제든지 쏠 수 있도록 총구를 앞으로 겨눈 채 먼저 강물로 걸어 들어갔다. 구연철은 이십 미터쯤 뒤에서 사방을 살펴보며 뒤따랐다.

요란한 총성이 울린 것은 연락원이 강 중간쯤 건너갔을 때였다. 강 건너 숲에서 수십 개의 총구가 일제히 불을 뿜는 것과 동시에 앞뒤 사방으로 총탄이 날아와 꽂혔다. 밤하늘로 날아오른 조명탄들이 하늘을 하얗게 밝히고, 강물 위로 날아든 총알들이 하얀 포말을 일으켰다. 연락원이 총에 맞았는가도 미처 확인할 겨를이 없었다. 아직 물에 들어가지 않은 구연철과 임영길은 황급히 몸을 돌려 정신없이 달아나기 시작했다.

총성은 두 사람이 멀리 달아날 때까지도 계속되었다. 숲속에 몸을 숨기고 살펴보니 따라오는 군인은 없었다. 연락원이 걱정되었다. 두 사람은 비상 접선장소로 이동해 한 시간 넘게 기다려보았다. 그러나 연락원은 오지 않았다. 누구보다도 민첩하고 강인한 농민출신 연락원이 오지 않는 것은 분명 문제가 있었다. 그래도 총에 맞는 광경을 보지는 않았기 때문에 희망을 버릴 수 없었다. 다시 한 시간을 더 기다렸으나 끝내 연락원은 오지 않았다. 토벌대의 추적을 피하기 위해 자리를 뜰 수밖에 없었다.

두 사람은 먼 길을 돌아서 다음 날 저녁에야 신불산 영역에 들어갈 수 있었다. 어딘가에 있을 지구당 본부를 찾아다니면서도 두 사람은 연락원이 죽지는 않았으리라 믿었다. 근처 지리를 잘 아는 농민이니 반드시 살아서 어딘가에서 다시 만나리라는 희망을 버리지 않았다.

마음의 고향과도 같은 신불산에 들어왔지만 이곳도 예전처럼 안전한 곳이 못 되었다. 두 사람은 지구당을 찾기 위해 낮에는 숲에 숨어 추위에 떨며 눈을 붙이고 밤이 되면 산등성이를 따라 돌아다녔다. 토벌대는 주요 산등성이를 따라 몇 십 미터 간격으로 커다란 모닥불을 피워놓고 보초를 섰다. 밤이 되면 신불산 전역에 불의 띠가 이어져 거대한 불놀이라도 하는 것처럼 보였다. 마치 잔존한 극소수 빨치산 따위는 두렵지 않다는 표시 같았다.

두 사람은 촘촘히 밝혀진 토벌대의 모닥불 사이로 몰래 기어 넘어 다니며 본부가 은거하고 있을 만한 곳을 찾아다녔다. 쌀은 있어도 솥도 없고 불도 피울 수 없는 처지라 밥을 해 먹을 수도 없었다. 생쌀을 씹고 골짜기 물을 퍼마시며 이리저리 헤매고 다녔다.

지구당은 좀처럼 드러나지 않았다. 이 산에 올라가면 저 산에 있는 것 같고 이 골짜기에 들어가면 저 골짜기에 있는 것 같았다. 임영길이 저쪽에 있을 것 같다고 지적하면 구연철은 이쪽에 있을 것 같았고, 구연철이 저 골짜기에 있을 것 같다면 임영길은 다른 곳을 가리켰다. 하루는 구연철이 생각한 곳으로 가보고 하루는 임영길이 생각한 곳으로 가보았지만 계속 허탕이었다.

깜깜한 밤중에 소리도 낼 수 없는 상황에서 철저히 숨어 있는 빨치산들을 찾아낸다는 것 자체가 거의 불가능한 일이었다. 토벌대는 밤새 마음껏 모닥불을 피워놓고 미군에게 공급받은 고기통조림에 담배를 피우며 떠들어대는데 꽁꽁 언 몸으로 그 사이를 기어 넘을 때면 서러움까지 밀려왔다. 능선마다 줄지어 모닥불을 피워놓고도 골짜기며 칠부능선에는 따로 매복을 깔아놓았기 때문에 어디를 가든 안심해서는 안 되었다. 허기와 긴장으로 지친 몸은 앙상한 뼈와 최소한의 근육만 남은 듯했다.

그렇게 5일 밤을 넘기고 6일째 되던 날이었다. 날이 완전히 어두워지지 않았는데 길을 찾기 위해 일찍 내려온 게 잘못이었다. 숨어 있던 숲 바로 아래 계단식 논을 가로지를 때였다. 이른 밤 달빛 아래 임영길이 앞장서고 구연철은 이십 미터쯤 뒤에서 따라가고 있는데 갑자기 요란한 총성과 동시에 사방에 '파팍' 하고 총알이 날아왔다. 임영길이 고꾸라졌다.

구연철은 임영길이 쓰러진 줄도 몰랐다. 재빨리 엎드려 계단식 논을 따라 언덕 아래로 굴렀다. 총을 놓치지 않으려고 가슴에 품고 배낭을 등에 진 채 벼 뿌리만 남은 메마른 겨울 논 위를 구르고 굴러 아래로 내려가는데 군인들의 외침이 들려왔다.

"한 놈 잡았다!"

언덕 아래까지 굴러 내려가 올려다보니 손전등 불빛들이 이리저리 돌아다니는 것이 보이고 잡았다고 웃고 떠드는 소리가 들려왔다. 임영길은 총을 맞고 잡힌 것이 확실했다.

납작 엎드려 맞은편 산 밑으로 기어갔다. 군인들은 임영길을 잡은 것에 만족한 듯 더 이상 찾는 기색이 없었다. 그래도 긴장을 늦추지 않고 산 중턱까지 온 힘을 다해 기어 올라갔다.

달빛이 유난히 환한 밤이었다. 몸을 엄폐시킬 만한 바위가 보였다. 바위 뒤쪽에 기대앉아 숨을 돌리는데 문득 가슴이 뜨뜻했다. 몸을 움직일 때마다 끈적이는 액체가 내는 찌걱찌걱 소리도 났다. 흙투성이가 된 데다 여기저기 찢어진 옷을 벗어 내고 보니 총알이 가슴을 스친 다음 다시 팔꿈치를 관통한 게 확인되었다. 도망쳐 올 때는 몰랐는데 비로소 가슴과 팔목은 물론 논뚝 아래로 마구 뒹군 온몸이 쇠망치로 두들겨 맞은 듯 아프기 시작했다.

배낭에서 붉은 소독약을 꺼내 상처에 부어 문지른 다음 다이아진이라 불리던 흰 가루를 손바닥에 쏟아 상처에 대고 발랐다. 피는 그래도 계속 조금씩 흘러내렸다. 저절로 지혈되기를 기다리며 바위에 기대 눈을 감고 있으려니 며칠째 굶은 데다 팔과 가슴의 통증으로 머리가 터지도록 아프고 정신이 혼미해졌다. 피를 흘린 탓인지 몸도 몹시 떨렸다. 바위 뒤에 쭈그린 채 몸을 부들부들 떨며 정신을 잃어갔다.

정신이 오락가락하는데 죽어간 동지들이 생각났다. 지난해에도 다리에 총을 맞은 적이 있는데 그때는 동료들 셋이 함께 있었다. 그가 걷지를 못하자 동료들은 숲속에 그를 감춰놓고 아지트까지 가서 약과 붕대며 부목을 가지고 돌아와 치료를 해주었다. 그리고도 양쪽에서 부축을 해서 밤새 산길을 걸어 무사히 귀환할 수 있었다. 동료들이 아니었다면 그때 죽었을지도 몰랐다. 그날 밤 그를 부축해주었던 동료들이 떠올랐다. 이제 다 죽어 사라진 사람들이었다. 그들의 따뜻했던 어깨와 격려의 말소리, 힘들어 헉헉대던 숨소리들이 떠올랐다. 외로움이 엄습해왔다. 임영길은 살았을까? 경상이라면 모르지만 중상을 입었다면 토벌대가 힘들여 끌고 가기 귀찮아 즉결 처형해버렸을 것이었다. 똑똑하고 야무졌던 임영길의 밝은 얼굴이 떠올랐다. 동료들이 그리웠다. 너무나 보고 싶었다. 쓰러져 누운 채 가만히 눈물을 닦았다.

날이 밝아 햇살이 드니 언 몸이 녹으며 조금씩 되살아나는 기분이었으나 가슴과 팔의 상처부위는 전날보다도 더 아파서 움직거릴 때마다 낮은 비명이 절로 나왔다. 바위 뒤 양지바른 곳에 몸을 숨기고 온종일 가만히 앉아 기운을 모았다.

그런데 예감이 이상했다. 어쩐지 맞은편 숲속에 사령부가 있을 것만 같은 기분이 드는 것이었다. 어제 건너가려다가 매복에 걸려 실패한 바로 그 산이었다. 둘이서 닷새나 뒤지고도 찾지 못한 사령부를 바로 눈앞에 두고 있다는 예감은 점점 확신으로 바뀌었다.

종일 물 한 모금 못 마신 채 밤이 되기만을 기다리던 그는 어둠이 완전히 깔리기도 전에 다시 길을 나섰다. 혼자 남아 부상까지 입은 상태로 굶주리다가는 앉은 채로 죽을 것만 같았다. 임영길이 부상을 입고 체포당한, 오늘도 토벌대의 매복이 기다리고 있을지도 모르는 산으로 향했다. 가만히 있어도 죽고 움직여도 죽으니 차라리 싸우다가 죽고 말겠다는 마음이었다. 다리는 후들거리고 왼팔은 쓸 수 없어 오른쪽으로만 무거운 총을 메고 산등성이를 따라 맞은편 산으로 들어갔다.

한 걸음 한 걸음이 쇳덩이를 매단 것처럼 힘든 상태로 산 중턱을 타고 가다 보니 맑은 물이 흐르는 도랑이 나왔다. 주저앉아 몇 모금 물을 마시고 숨을 돌리는데 도랑 주변에 널린 방아풀이 눈에 들어왔다. 추어탕이나 보신탕에 넣는 향기 짙은 약초였다. 주저앉은 채로 방아풀 잎을 몇 장 뜯어 씹고 있는데 가만히 보니 주위의 풀잎 형태가 이상했다. 똑바로 서 있어야 할 풀잎들이 군데군데 옆으로 누워 있었다. 달빛에 의존해 자세히 살펴보니 분명 무언가에 밟혀 쓰러진 자국들이었다. 언뜻 산돼지나 토끼가 지나갔나 하는 생각이 들었다. 기운이 빠져 정신이 몽롱하다 보니 사람 발자국이란 생각보다는 짐승 발자국이라는 생각이 먼저 든 것이다. 언제 쓰러져버릴지 모를 혼미한 정신으로, 무엇에 홀리기라도 한 듯 일어나 풀이 쓰러진 자국을 따라가기 시작했다.

한 오십 미터쯤 올라가니 사람 발자국이 나타났다. 그제야 정신이 들었다. 갈등이 일었다. 발자국의 주인이 빨치산일 수도, 토벌대일 수도 있었다. 토벌대라면 여기서 죽는 것이었다. 아주 짧은 순간, 발자국을 따라갈 것인가 돌아설 것인가 고민했다. 결심은 오래 걸리지 않았다. 이왕에 죽을 거라면 한바탕 싸우다 죽고 말자는 생각밖에 나지 않았다. 한쪽 팔밖에 쓸 수 없는 불편한 자세로 소총을 내려 장탄을 한 다음 옆으로 누워 기어오르기 시작했다.

총은 옆구리에 올리고 손가락을 방아쇠 고리에 건 자세로 몇 십 미터나 올라갔을까, 어둠 속에서 나직한 목소리가 들려왔다.

"누구야? 꼼짝 마!"

들릴 듯 말듯 낮은 음성이었다. 토벌대라면 큰소리로 외치든가 아니면 먼저 총부터 갈겼을 것이었다. 얼른 고개를 들어보니 낯익은 유격대원 셋이 총을 겨누고 서 있었다.

"동무들!"

목이 메어 더 말이 나오지를 않았다.

"조직부장 동지!"

상대방들도 이내 그를 알아보고 얼른 뛰어와 안아 일으켰다.

"동무들 반갑소……."

구연철은 유격대원들을 끌어안고 엉엉 울기 시작했다. 소리를 듣고 지구당 위원장 이영섭과 남도부까지 뛰어 내려와 차례로 안아주며 다독였지만 눈물은 멈추지를 않았다. 생존해 돌아온 그를 맞이하는 사람들도 마찬가지였다. 다들 눈물을 흘리다 못해 고개를 돌린 채 울고 있었다.

"니 안 죽고 살았구나, 안 죽고 살았구나……."

커다란 체구의 이영섭은 억세게 그를 끌어안고 놓아주지를 않았다. 남도부가 나서서 서둘러 밥부터 챙겨 먹이도록 데리고 올라가야 했다.

사령부에는 아직 음식과 의약품이 남아 있었다. 허기진 배를 채우고 나자 남도부가 간호장교 지춘란에게 치료를 해주도록 지시했다. 지춘란은 그의 상의를 벗기고 소독약으로 말끔히 씻어낸 다음 완벽하게 붕대까지 감아주었다.

한밤에 긴급 보고회의가 열렸다. 살아남은 핵심 간부들이 모인 자리였다. 남도부와 이영섭이 직접 그의 보고를 듣기 위해 앉아 있었다. 두 지도자가 살아 있다는 것이 구연철에게는 얼마나 위로가 되는지 몰랐다.

구연철이 제3소지구당의 유일한 생존자로서 이영섭에게 그동안의 활동을 보고하고 나니 이영섭이 제4지구당과 유격대 사령부의 상황과 그동안의 일들에 대해 설명해주었다.

놀랍게도 지구당에서는 그의 움직임을 줄곧 파악하고 있었다. 이름까지는 몰랐어도 빨치산 세 사람이 강을 건너다 매복에 걸려 한 사람이 행방불명되었으며 다시 한 명이 부상당한 채 체포된 사실을 모두 알고 있었다.

연락원은 행방불명된 게 확실했다. 이영섭은 민간의 정보망을 통해 알아보았으나 그날 매복에서 빨치산을 죽였다거나 체포했다는 정보는 없었다고 했다. 투항할 사람도 아니지만 만일 투항하는 경우는 이름까지 정확히 알려지기 마련인데 그 일대에서 자수한 사람도 없다고 했다. 총에 맞은 채 강물에 빠져 하류로 떠내려 가버렸으리라 추측할 수밖에 없었다. 잊을 수 없는 마음 아픈 죽음의 하나였다. 하나같이 안타까운 죽음이었지만 시신을 묻을 수만 있어도 좋았다. 행방불명이 되어버린 동료들은 구연철의 가슴에 영원히 메워지지 않는 구멍으로 남았다.

지구당에서는 매복기습에서 살아남은 구연철과 임영길이 신불산에 들어와 배회하고 있다는 사실도 파악하고 있었다. 여전히 이름과 소속은 알지 못했지만 빨치산 두 사람이 이리저리 헤매고 다닌다는 것, 어제는 바로 본부대 밑에서 매복에 걸려 한 사람이 부상당해 끌려갔다는 것도 당연히 알고 있었다. 이날도 아직 어스름한 무렵에 구연철이 산을 타고 오는 것도 다 보고 있었는데 신원을 확인할 수 없어 지켜보고만 있었던 것이다.

지구당의 상황은 좋지 않았다. 경북 등지에 파견된 대원을 제외하고 본부의 당 요원 중 살아남은 사람은 11명밖에 안 되었다. 남도부 부대 역시 20여 명밖에 남지 않았다. 경북지역의 대원들과는 연락이 두절된 상태였으므로 사실상 30명이 제4지구당의 전부라고 보는 게 옳았다.

생존자 중에서도 간부는 몇 되지 않았다. 지구당 본부에는 선전부장 안병화와 기요과장만이 살아남았고 소지구당 간부 중에는 구연철이 유일한 생존자였다. 유격대 역시 남도부의 참모 두 사람과 부관, 그리고 간호장교 지춘란 정도가 간부급이었다.

야밤의 긴급회의가 끝날 무렵, 이영섭은 제3소지구당에서 단 한 명이라도 살아서 돌아온 것만도 큰 성과라고 치하를 한 다음, 그 자리에서 구연철에게 국기훈장 3급을 수여하겠다고 선언했다. 대부분의 빨치산들이 죽거나 투항하는 상황에서 끝까지 살아남아 배신하지 않고 귀환한 데 대한 감사의 뜻이었다.

훈장은 어떤 보상도 바라지 않고 생명을 바쳐 싸우는 산중 빨치산들에게 주어지는 유일한 보답이었다. 지구당 위원장들은 공로에 따라 영웅칭호, 국기훈장, 영예훈장, 군공메달 등 여러 등급의 포상을 하고 그 명단을 이북으로 보내 재가를 받았는데 통신과 내왕이 차단된 이후로는 상신은 어려워졌다. 대신 수여내역을 보고서에 기록해두고 언젠가 이북의 당 중앙으로 보내기 위해 보관했다.

빨치산은 훈장 수여 명단뿐 아니라 당원명부, 전투보고서 등 중요한 서류들을 보자기에 싸서 바위 틈새나 땅속에 묻어놓고 있었다. 이 비장 작업만큼은 지구당 위원장이나 기요과장 정도만 할 수 있었다. 구연철의 훈장 수여 내역이 적힌 보고서도 이영섭에 의해 어디엔가 묻혔을 것이었다. 각 개인에게는 너무나 소중한 그 서류들이 이후 수십 년이 지나도록 아무도 파낼 사람이 없어 흔적도 없이 썩어버릴 줄은 그때는 아무도 몰랐다.

국기훈장 3급은 높은 급수의 훈장 중 하나였다. 비록 실물 훈장도 증명서도 없이 말로만 수여되는 훈장이지만 구연철에게는 더 없는 영광이었다. 그러나 죽어간 동료들을 생각하니 기쁘다고 마음 놓고 웃을 수도 없었다. 마지막으로 헤어진 임영길이 어떻게 되었을까 걱정되어 잠도 오지를 않았다.

이 무렵, 지리산과 신불산에 남은 마지막 빨치산들에게는 노동당 제111호 결정문이 내려와 있었다. 모두 하산해 지하당을 복구하라는 내용이 그 골자였다. 이에 따라 기존의 5개 지구당은 해체되고 예전과 같이 이남의 행정구역에 따라 6개 도당이 복원되었다. 휴전협정의 성립으로 무장투쟁이 불필요해진 데 따른 결정이었다.

지리산의 경우 111호 결정에 따라 이현상이 지휘하던 제5지구당이 해체되고 경남도당과 전남도당, 전북도당이 복구되었다. 경남도당의 경우 조병하가 위원장으로 선출되었고 김삼홍이 부위원장이 되었다. 하지만 이들 지도부가 1953년 연말을 넘기지 못하고 대부분 전사하면서 3개 도당은 사실상 소멸되어버린다.

신불산의 제4지구당도 해산되어 경북도당 및 경남 동부지구당으로 분리되어야 했다. 하지만 30명 잔존 인원만으로 경북도당과 동부지구당의 직책을 나눠 갖는 것은 의미가 없었다. 일단 간부들이 각자 구역을 맡아 대원을 이끌고 하산한 다음 당을 재건하기로 했다.

지하당 건설은 이미 여러 차례 강조되었음에도 실천하지 못했는데 하산 여건은 이전보다도 더 어려워져 있었다. 많은 대원들이 체포되거나 투항하면서 얼마 남지 않은 생존자의 명단은 경찰에 소상히 파악되어 있었다. 가뜩이나 초라한 행색으로 무작정 내려갔다가는 체포되어 처형당하기 십상이었다. 신분증 위조와 돈이며 의복까지 많은 준비가 필요했다. 그러나 토벌대는 그럴 만한 시간여유를 주지 않고 끊임없이 밀고 올라왔다.

문자 그대로 구사일생으로 생환한 구연철은 동료들로부터 각별한 보호를 받았다. 지구당의 위치는 노출되지 않았어도 겹겹이 포위된 상태라 보급투쟁이 어려운 상황이었음에도 환자인 그를 위해 우선 식사를 제공했고 상처가 곪지 않도록 매일 새로 약을 바르고 붕대를 감아주었다. 간호부장 지춘란과 간호대원의 정성은 특별했다. 한 달 정도 휴식과 치료를 받는 사이 구연철은 완전히 건강을 회복할 수 있었다.

겨울이 오면서 토벌대의 막바지 공세는 더욱 강화되었다. 더 이상 그 자리에 은신할 수 없게 된 동부지구당은 이동을 결정했다. 1953년 12월 중순, 달빛이 어스름한 밤이었다.

밤 여덟 시경 구연철을 포함한 핵심간부들이 이동을 시작했다. 지구당에서는 이영섭 위원장과 기요과장, 유격대에서는 남도부 사령관과 부관 등이 함께했다. 경북지역에 유웅재 부대가 있었으나 연락이 두절된 상태로, 사실상 경남지역 최후의 빨치산 지도부였다. 하나같이 지난 수년간 무수히 죽음의 고비를 넘긴 전사들이었다. 그러나 신불산 전역이 토벌대의 주둔지처럼 변해버린 상황이었다.

아니나 다를까, 개천을 만나 주위를 살피며 차례로 건너려는데 건너편에서 갑자기 수십 개의 불똥이 튀는 동시에 사방에 총탄이 날아와 꽂히기 시작했다. 요란한 총성이 밤하늘을 울렸다.

"퇴각!"

남도부의 다급한 명령에 따라 마구 응사하며 황급히 돌아서는데 지구당 위원장 이영섭이 풀썩 쓰러졌다. 하필이면 소녀대원 김서형이 당한 것처럼 복부관통상이었다.

지구당 기요과장과 남도부의 부관이 거구의 이영섭을 양쪽으로 부축해 안전한 산중턱까지 끌어다 눕혀놓고 치료를 하려 했으나 복부관통상은 치료가 불가능했다. 간호장교 지춘란과 간호대원이 어떻게든 살려보려고 옷을 찢어내고 소독약을 바르고 지혈을 시도했지만 아무 소용없었다. 다들 침통하게 둘러앉아 숨지는 것을 지켜볼 수밖에 없었다.

남도부와 이영섭은 각별한 사이였다. 이영섭이 1950년 말에 이북에서 내려온 후로 거의 하루도 떨어지지 않고 생사고락을 함께한 사이였다. 남도부는 입술을 깨물고 눈을 지그시 감은 채 숨이 끊어질 때까지 그의 손을 놓지 않았다.

구연철에게도 이영섭은 각별한 사람이었다. 2년 반이 넘게 직속상관으로 모시고 있었을 뿐 아니라, 커다란 체구에 호방하고도 따뜻한 성품으로 나이 어린 그를 아껴주고 믿어준 사람이었다. 한 달 전 그가 무사히 생환했을 때 그 커다란 체구로 숨도 못 쉬게 꽉 끌어안고 좋아하던 모습을 잊을 수가 없었다.

이영섭은 몇 시간 만에 숨을 거두었다. 남도부 대원들은 밤잠을 안 자고 최대한 깊이 땅을 파고 돌을 들어내 그를 매장했다. 구연철은 언젠가는 그의 묘를 찾아 제대로 된 장례식을 치를 수 있도록 지형지물을 머릿속 깊이 새겨두었다. 산 아래 작은 마을의 이름과 주변의 지형까지 외우고 또 외웠다.

하지만 수십 년이 지나 다시 찾은 그곳에서는 기억해두었던 단서들 어느 것도 적용할 수가 없었다. 도로를 내느라 사방이 파헤쳐져 지형 자체가 바뀐 데다 옛 마을은 사라지고 논밭이며 산기슭까지 온통 집이 들어차 어디가 어딘지 구별조차 할 수가 없었다. 생존한 다른 빨치산 출신들과 함께 몇 차례나 다시 가서 찾아보았으나 끝내 이영섭을 매장한 곳이 어디인가조차 알 수 없었다.

이영섭의 죽음으로 남은 인원을 남도부가 이끌게 되었다.

남도부는 신불산을 떠나 대구 팔공산으로 거점을 옮겼다가 1954년 1월 초에 직계 부하들과 함께 대구시내로 잠입했다. 이영섭이 전사한 지 한 달 만이었다. 홍만식, 유응재, 지춘란 등과 함께 경북도당을 재건하려던 남도부는 그러나 먼저 체포되어 전향한 부하의 제보로 체포되고 말았다. 1월 21일의 일이었다.

구연철은 남도부가 체포되고 3개월 후인 1954년 4월 부산으로 잠입했다가 역시 체포되었다. 생존한 당 요원 일곱 명이 부산시당을 재건하기로 결의하고 내려갔다가 네 명이 체포된 것이다. 그가 체포된 과정은 어처구니가 없었다.

대원들은 일단 부산시내에 방 한 칸을 얻어 아지트로 삼고 오가면서 신분 위장에 들어갔다. 정보원을 통해 미리 입수해 놓았던 도민증을 각자 나이가 비슷한 사람 것으로 나눈 다음 사진을 바꿔 붙이기로 했다. 구연철은 대학생으로 위장하기로 하고 학생복까지 사놓고 마땅한 도민증을 골랐다.

도민증 사진을 바꿔 붙이는 일이 가장 먼저였다. 구연철은 대학생복으로 갈아입고 만일을 위해 학생복 안주머니에 권총을 챙겨 넣은 다음 혼자 부산 시내로 들어갔다. 밤 9시경이었다.

마침 불이 켜진 사진관이 있었다. 주변을 제대로 살필 마음의 여유도 없이 서둘러 문을 열고 들어갔다. 증명사진을 찍자고 하니 사진사는 아무 의심 없이 의자에 앉혀놓고 머리를 빗어주고 옷매무새를 만져주었다. 그런데 안주머니의 권총에 손이 닿자 흠칫 놀라는 것이었다. 주름을 펴주려 손바닥으로 쓸어내리는데 묵직한 쇠뭉치가 닿으니 놀랄 만도 했다. 아차 싶었다. 여차하면 총으로 위협하고 달아나야 할 판이었다. 그러나 사진사는 대학생이 권총을 품었으리라고는 상상 못한 듯 무심히 사진을 찍고 며칠 후에 찾으러 오라고 했다.

일주일 후, 사진을 찾으러 사진관으로 가던 구연철은 깜짝 놀랐다. 사진 찍는 날은 서둘러 빠져나오느라 몰랐는데, 사진관 바로 건너편이 경남도경이었던 것이다. 잔존 빨치산의 이름과 얼굴까지 소상히 알려진 상황에서 경찰본부 바로 앞의 사진관에서 사진을 찍었다니 어처구니가 없었다. 그렇다고 무작정 도망칠 수도 없었다. 서둘러 사진관으로 갔다.

그런데 사진관 앞에 가서는 더 크게 놀라고 말았다. 전등이 환히 켜진 사진관 진열장에 대학생복을 입은 자신의 얼굴이 실물보다 더 크게 확대되어 한가운데 걸려 있는 것이었다. 얼굴이 작고 이목구비가 뚜렷한 구연철은 유달리 사진이 잘 받았다. 사진사가 잘 나온 사진이라고 확대해 걸어놓은 것이었다. 구연철이 보기에도 퍽 잘 나온 사진이었다. 소름이 오싹 끼쳤다. 얼른 문을 열고 들어가 사진사에게 다그쳤다.

"아저씨예, 남의 사진을 이래 맘대로 걸어놓으면 우짭니까? 본인 허락도 없이. 당장 떼내이소."

사진사는 얼핏 놀라는 기색이었으나 이내 선선히 대답했다.

"아이고 죄송합니더. 곧 떼겠습니다. 잠깐만 기다리실랍니꺼? 우선 사진부터 찾고예."

순순히 응하니 더 이상 따질 수가 없었다. 사진사는 무언가 다른 사진을 찾는 듯 이리저리 뒤지더니 안으로 들어갔다. 구연철은 사진을 찾는가 보다 생각하고 별 의심 없이 서성이며 기다리고 있었다.

몇 분이나 지났을까, 체격이 딱 벌어진 두 사내가 사진관 문을 열고 쑥 들어왔다. 한 명은 군복을 입었는데 둘 다 눈매가 매서웠다. 찬바람이 확 이는 기분이었다. 그럼에도 경찰이 오리라고는 예상치 못했기 때문에 무심코 손님인가 보다 생각하는 순간, 둘이 와락 달려드는 것이었다.

"구연철! 잡았다, 이 새끼!"

사내들은 재빨리 그의 양손을 잡아 뒤로 꺾는 동시에 등 뒤에서 허리띠를 올려 잡아 꼼짝 못하게 했다. 미처 품 안의 권총을 꺼낼 여유도 없었다. 잇달아 두어 명이 더 밀고 들어오더니 수갑을 채우고 권총을 빼앗아 갔다.

"놔라! 이 더러운 미제의 앞잡이들아!"

작고 메마른 몸을 버둥대며 고함쳤지만 아무 소용이 없었다. 사진이 너무 잘 나오자 사진사가 자랑삼아 크게 확대해 진열장에 걸었는데 출퇴근 하던 사찰계 형사들이 이를 본 것이었다. 형사들은 이 자가 찾으러 오면 즉시 전화하라고 지시해 놓았다. 사진사가 사진을 찾는 척하고 안으로 들어갔을 때 의심을 해봐야만 했지만 후회는 언제해도 소용없었다.

차에 탈 것도 없이, 의기양양한 형사들에게 둘러싸여 경남도경 안으로 끌려가는데 기가 막혔다. 입산 이래 4년 동안 온갖 위험한 고비를 다 넘겼던 자신이 이토록 어처구니없이 잡히다니 맥이 다 빠졌다.

산에 있을 때, 언젠가 체포될 상황이 오면 어떻게 처신할 것인가 생각해보곤 했다. 차라리 싸우다 죽으면 좋지만 총상만 입고 체포될 경우의 치욕은 견딜 수 없을 것 같았다. 그럴 경우 최선의 선택은 자살이라고 생각했다.

휴전 이후 고위 당 간부들이 체포를 거부하고 권총으로 자살하는 일이 잇따르고 있었다. 전남도당 위원장 박영발, 전북도당 위원장 방준표를 비롯해 김선우, 오금일 등 이름난 빨치산 지도자들이 토벌대에 포위되자 투항을 거부하고 자살로 생을 마감했다. 경남도당 위원장 조병하는 자살을 시도했으나 부상당한 채 체포되어 총살당했다. 체포되고도 끝까지 전향을 거부한 남도부도 1955년 8월 서울 외곽 수색에서 총살당했다. 사실상 남부지역 모든 도당위원장들이 자살을 택한 셈이었다.

남도부에게 사형을 언도한 재판부는 남도부 부대를 중심으로 한 경상남북도 빨치산이 '각종 무기 800정과 실탄 20만 발 약탈했으며 군용열차 28회 전복, 군경자동차 670대를 소각했다'고 발표했다.

재판부는 덧붙여 남도부 부대가 2,800명의 군경 및 양민을 학살하고 민가 700호를 소각했다고 발표했는데 이 부분은 완전히 날조된 허위선전이었다. 교전과정에서 다수의 군경과 미군을 살상한 것은 사실이지만 민간인에게 피해를 준 일은 거의 없었다. 빨치산을 보고도 신고를 안 했다거나 빨치산을 도와주었다고 주민을 학살한 것은 토벌대였고, 빨치산의 근거지가 될 수 있다는 이유로 산간부락을 소각시킨 것도 토벌대였다.

제4지구당과 남도부 유격대의 주된 임무는 임시수도 부산 및 군사령부가 위치했던 대구시를 교란하고 전선과 후방을 연결하는 보급로를 차단하는 일이었지, 민간인 주거지를 점령하거나 소각하는 일이 아니었다. 가장 많았던 작전은 4~5명의 소수 무장대가 수시로 부산시내에 침투해 미군의 보급품 적치장이 있던 매축리 제5보급창과 부산철도기지창 등을 기습 교란하는 것이었다. 부산이나 대구시내에 야간 침투해 시내 한복판에서 일제사격을 하고 퇴각하면 그날 밤은 총성과 사이렌 소리로 온통 야단법석이었다. 보급로 공격도 매우 성공적이어서 동해남부선 열차와 도로는 1950년 말부터 정전 때까지 야간운행이 거의 차단된 상태였다.

이승만 정부는 체포한 남도부를 전향시켜 유격전 전술개발에 이용하려고 애썼던 것으로 알려졌다. 남도부가 완강히 회유를 거부하며 자신을 포로로 대우해 북송할 것을 요구하자 그를 정치적으로 고립시키기 위해 '남도부가 전향해 북한을 맹비난하는 대북방송을 했다', '군용 헬리콥터를 타고 산악지대를 돌며 빨치산들에게 귀순을 권고했다'는 등의 거짓 정보를 퍼트리기도 했다. 육군참모총장 정일권이 회유를 위해 찾아와 술을 마시는 사진을 찍어 산악지대에 뿌리기까지 했다. 70년대 초기의 라디오 반공드라마에는 이런 거짓 홍보를 바탕으로 남도부가 전향해 반북활동을 했다는 그럴 듯한 내용이 방송되기도 했다. 워낙 심한 허위보도에 함께 싸웠던 동료들조차 남도부가 전향했다고 믿기까지 했다.

그러나 실제 모든 수사기록과 재판기록에는 남도부가 끝까지 자신을 포로로 대우할 것과 명예롭게 처형시켜 달라고 요구하는 내용밖에 없었다. 끝까지 이승만의 회유를 거부한 그는 결국 34세의 나이로 처형당한다.

처형 현장에 있었던 군인들은 그가 총살집행 직전 '인민공화국만세!'를 외쳤다고 증언했다. 그러나 라디오 반공드라마는 '대한민국만세!'를 외친 것으로 묘사해 죽은 후에도 그를 모욕한다. 이 드라마를 썼던 방송작가는 이십여 년이 지나 언론의 자유가 확보된 후에야 처형 부분을 비롯한 대부분의 내용이 상부지시에 의한 조작이었음을 밝힌다.

남도부와 함께 재판을 받았던 간호장교 지춘란 역시 끝까지 협조를 거부한 채 사형을 언도받았다가 감형되어 꼬박 20년의 옥살이를 했다. 함께 체포되어 사형을 언도받았던 다른 부하들도 모두 감형되어 20여 년의 감옥살이 끝에 풀려났다.

구연철은 조선노동당 당원인 자신에게 오류가 있다면 죽지 않고 살아남은 것이라고 생각하게 되었다. 그 안타까운 무수한 동지들의 죽음을 뒤로 한 채 자신만 살아남은 것이 그의 생애 가장 큰 오류라고 생각하게 되었다. 싸우다가 죽지 못했으면 자살이라도 했어야 하는데 부주의로 생포된 것이 씻지 못할 오류라는 자책감이 평생의 짐이 되었다.

10. 사상법

사람은 어떠한 최악의 조건에서도 희망을 품기 마련이다. 남들이 망상이라고 비웃을지라도 당사자는 이 고통을 해결할 그 무언가가 있다고 믿기 마련이다.

구연철은 체포되어 재판을 받으면서도 머지않아 석방되리라는 희망을 버리지 않았다. 정전협정이 되었으니 곧 미군이 철수할 것이고 그러면 남북관계도 좋아져 통일이 될 것이라는 믿음이었다. 부산시당 사건으로 제각기 체포된 다른 다섯 사람도 마찬가지였다. 사형만 당하지 않는다면, 살아만 있으면 머지않아 석방되리라는 희망이었다.

부산시당 재건사건은 신문에도 여러 차례 보도될 만큼 이목을 끌었다. 그런 만큼 형량도 셌다. 1심 재판부는 공범으로 체포한 다섯 명 중 백설암 등 두 사람에게는 사형을, 구연철과 장두천에게는 무기징역을 선고했다.

체포된 대원 중에는 제일 직급이 높았던 구연철이 무기징역을 받은 것은 빨치산 활동을 했어도 한 명도 사람은 죽이지 않았다고 끝까지 주장한 덕분이었다. 실제 사실이기도 했다.

사형을 받은 두 사람은 고등법원에 상고했으나 구연철과 장두천은 상고를 포기했다. 무기징역이면 당장 처형될 일은 없으니 통일되기를 기다리자는 생각이었다. 자기들이 항소를 포기하면 부담을 던 2심 재판부가 사형수 두 사람을 무기징역으로 줄여줄지도 모른다는 희망도 있었다. 사형을 받은 두 사람은 항소해 대구형무소로 이감되고 항소를 포기한 두 사람은 부산형무소에 남았다.

부산형무소에는 상당한 숫자의 사상범이 수감되어 있었는데 대개 일찍 잡혔거나 지하당 활동으로 잡힌 사람들이라 형량이 별로 높지 않았다. 일반수든 사상범이든 형량이 적은 사람들은 형무소 안에 있는 공장에 노역을 나갈 수 있었다. 피혁공장, 양재공장, 목공소 등 여러 공장에 나가 일을 하면 시간도 빨리 가고 밥도 많이 먹을 수가 있었다.

죄수들은 감옥의 밥을 가다밥이라 불렀다. 가다는 일본말로, 국자처럼 생긴 데다 손잡이가 달려 있어 밥을 눌러 담은 후 손잡이를 누르면 밥덩이가 툭 떨어지는 형틀이었다. 가다의 크기에 따라 밥의 크기가 달랐는데 제일 큰 2등식에서 제일 작은 5등식까지 있었다. 노역 중에서도 똥통 운반같이 힘든 일을 하면 2등 밥을 주고 청소처럼 쉬운 일을 하면 3등식을 주었다. 일을 못 나가고 방에만 갇혀 있는 사람은 5등 밥을 주었다.

독방에 갇혀 일체 외부출입이 금지된 구연철 같은 장기수에게는 당연히 가장 작은 5등 밥이 나왔다. 그나마도 휴전 직후에는 쌀이라곤 전혀 없이 밀만 쪄서 나왔는데 얼마 후부터 밀에다가 쌀과 콩을 조금 넣어 나왔다.

한참 먹을 이십대 청년이 소녀 주먹만 한 5등 밥 세 덩어리에 멀건 소금국으로 하루를 보내기란 쉽지 않았다. 처음에는 하루 종일 배가 고파서 먹을 것밖에 생각나지 않았다. 게다가 제대로 도정도 되지 않은 통밀을 먹으니 소화가 되지 않아 대변으로 밀알들이 그대로 쏟아져 나왔다. 소화를 위해서라도 마냥 오래오래 씹어야 했다. 밀밥이 들어오면 한 시간이고 두 시간이고 마냥 천천히 씹어 먹는 습관을 들여갔다. 적게 먹고 오래 씹으니 건강까지 좋아지는 느낌이었다.

한 일 년이 지나니 독방에도 4등식이 배급되었는데 형무소 관리들이 쌀을 도둑질해 밥을 조금씩만 찍기 때문에 실제 크기는 5등식과 별 차이가 없었다. 적게 먹는 데 습관을 들인 구연철은 나오는 대로 5등식만큼만 먹었다. 어쩌다 크게 찍어져 나오는 날도 평소만큼만 먹고 남은 밥은 버렸다. 배가 고파도 참았다. 집에서는 물론 아무도 면회를 오지 않아 영치금이 한 푼도 없는 처지였다. 위장을 줄이는 것이 가난한 감옥살이를 버티는 길이기도 했다.

구연철이 산에 올라갔다는 사실이 알려지면서 가족들은 말로 다 못할 수모를 받았다. 주변에 빨치산이 출몰하기만 하면 아버지를 끌고 가 며칠간 경찰서에 잡아넣고 두들겨 패기 일쑤였다. 혹시 구연철로부터 무슨 연락이라도 있을까 정보를 캐느라 사찰계 형사들이 집에 와서 살다시피 했다.

기계가 없던 시절이라 모내기든 밭일이든 마을 사람들이 돌아가며 품앗이를 해야 농사를 지을 수 있었는데 빨갱이의 집이라고 품앗이에도 끼워주지 않아 얼마 안 되는 농사조차 제대로 지을 수가 없었다. 할머니가 돌아가시거나 집안에 어려움이 생겨도 누구 하나 거들떠보지도 않았다. 결국 구연철의 가족은 쫓겨나다시피 마을을 떠나야만 했다.

부산에 들어온 가족은 거의 거지나 다름없이 살아야 했다. 조선방직 뒤의 빈민가 판잣집을 전전하면서 어린 동생들까지 날품팔이와 식모살이, 구두닦이까지 안 해본 고생이 없었다. 사정이 이러니 동생들은 학교조차 제대로 다닐 수 없었다. 학비도 없고 학교에 가도 빨갱이의 동생이라고 모멸하고 괴롭혔다. 특히 부산은 이북에서 내려온 반공 피난민들이 많은 곳이라 공산당에 대한 증오심이 유달랐다. 동생들은 초등학교만 겨우 마치고 아무도 중학교를 가지 못했다.

조선노동당이 존재할 뿐 남로당은 사라진 지 오래인데도 경찰이 멋대로 갖다 붙인 남로당 부산시당 재건사건이라는 제목으로 구연철의 얼굴까지 몇 번이나 신문에 보도되었으나 가난해 신문 구경도 못한 가족들은 재판이 있다는 사실조차 몰랐다. 구연철이 감옥살이를 하는 긴 세월 동안 가족 면회는 한 번도 이뤄지지 않았다. 설사 연락이 닿았다 하더라도 면회를 올 사정도 못 되었고 수도 없이 이사를 다녀 편지왕래도 쉽지 않았을 것이었다.

같은 사상범이라도 부유한 집안 출신들은 영치금도 받고 가족들이 관계자들에게 돈을 풀어 감형이 되는 수도 있었지만 구연철은 어떤 혜택도 받을 수 없었다. 그렇다고 해서 자기를 찾지 않는 가족을 원망하는 마음은 추호도 없었다. 좌익사범들의 가족이 얼마나 고통을 받는가를 잘 알고 있던 그는 자기 때문에 고생하실 부모님과 동생들을 생각하면 항상 마음이 아프고 미안할 뿐이었다.

구연철의 어려운 처지를 도와준 동료 중에는 김수룡이 있었다. 구연철보다 여섯 살 많은 이였는데 부인이 부산 국제시장에서 장사를 해 생활이 넉넉했다. 당시 감방에는 사식은 허용되지 않는 대신 세면도구나 의약품은 반입이 되었다. 김수룡은 부인에게 부탁해 비타민을 넉넉히 받아 구연철을 비롯한 동료들에게 나눠주곤 했다.

미군이 철수하면 통일이 되어 석방되리라던 구연철의 희망은 이뤄지지 않았다. 미군은 철수하지 않았을 뿐 아니라 휴전이 된 후에도 이남 군대의 지휘권을 그대로 유지했다. 형식적인 국권은 대한민국에 있었으나 국방, 외교, 통상 등 핵심 분야에 대한 미국의 영향력은 절대적이었다. 마치 공식적으로 식

민지가 되기 직전, 조선의 국방과 외교권을 일본이 장악하고 있던 것과 비슷한 상황이었다.

변화는 이남 국민 내부에서 일어났다. 해방 직후에는 오로지 권력을 잡기 위해 좌우파의 지도자들을 암살하고 전쟁 중에는 수십만 명에 이르는 좌익을 학살한 이승만은 전쟁이 끝난 후에도 경제발전에는 아무 관심도 없이 오로지 권력 유지에만 전력했다.

이승만은 좌익 학살에 앞장섰던 극우청년단을 동원해 야당을 탄압하고 온갖 부정선거를 했음에도 자기에게 불리한 투표 결과가 나오자 이를 제멋대로 고쳐버렸다. 자유당 치하의 자유란 돈과 권력을 쥔 자들만의 자유를 의미했다.

결국 1960년 4월 전국적인 학생시위가 일어났고 이승만은 늙고 추한 몸을 이끌고 미국 땅 하와이로 도망치지 않을 수 없었다. 140명이 넘는 학생들의 피로 이뤄진 4·19혁명이었다. 구연철이 수감된 지 7년째 되던 해였다.

예기치 못한 4·19혁명으로 갑자기 정권을 잡은 민주당은 나름대로 다양한 민주주의 정책을 폈다. 집회와 시위가 자유로워지고 언론 출판물의 홍수가 났다. 노동운동도 되살아나기 시작했다. 민주당의 민주란 계급적 불평등을 인정한 위에 이뤄지는 불완전한 민주주의였으나 그나마 이남에서는 진보적인 역할을 했다.

사상범들에 대한 유화정책도 그중 하나였다. 전국의 감옥에 갇혀 있던 많은 사상범들이 석방되거나 대폭 감형되었다. 이 과정에서 전향을 권유하거나 반성문을 요구하기도 했으나 강압적이기보다는 형식적이었다. 사형을 받았으나 형 집행이 연기되어 살아 있던 백설암 등은 무기로 감형되었고 무기수였던 구연철과 장두천은 20년으로 감형되었다.

집단 석방으로 부산형무소에는 60여 명의 사상범만 남게 되었다. 대신 절도니 강도 같은 잡범들이 엄청 쏟아져 들어왔다. 법무부는 이들을 수용하기 위해 그동안 독방에 수감되었던 사상범들을 합방시켰다. 부산형무소는 남자 죄수들을 큰 건물 하나에 수용했는데 복도별로 1사, 2사 식으로 불렀다. 사상범들은 제4사에 집단 수용되어 방 한 칸에 다섯 명씩 살아야 했다.

혼자 누워도 폐쇄공포증이 느껴지는 작은 방에 다섯 명씩 구겨 넣으니 불편하기 이를 데 없었다. 규정된 방 크기는 0.75평이었는데 좁은 쪽은 양손을 펼치면 다 안 펴질 정도이고 긴 쪽은 한 사람이 누우면 변기통을 놓을 공간이 겨우 나왔다. 그래도 어제의 동료들끼리 모여 살게 되니 좋았다.

정권이 바뀌면서 죄수들에 대한 처우도 조금은 개선되었다. 밥에 통밀 대신 보리쌀을 넣고 쌀과 콩도 조금 섞여 나왔다. 5등식에서 4등식으로 크기도 늘었다. 하지만 현장 공무원들은 정권교체와 무관했다. 간수들의 도둑질로 실제 밥의 양은 5등 밥과 다르지 않았다. 구연철은 작은 체구에 소식이 습

관화되었으나 체격이 큰 다른 동료들이며 일반수들은 허기에 시달렸다.

운동시간에 대한 불만도 많았다. 교정법에는 하루에 15분씩 운동시키도록 되어 있었으나 퇴근하는 간수들이 운동을 맡다 보니 얼른 집에 가려는 마음에 죄수들이 운동장에 들어가자마자 호각을 불며 '입방!'을 외쳐댔다. 시간을 준다 해도 이삼십 명이 서면 꽉 찰 만한 좁은 공간에서 비비적거리다 끝날 판인데 복도를 오가다가 끝나버리니 일반수들까지 다들 불만이었다.

사상범들은 성경책 이외에는 어떤 책도 반입이 안 되는 점도 불만이었다. 일제강점기에도 서적반입의 자유가 있어서 사상범이 석방될 때면 책이 손수레로 하나였다는 이야기들이 전해지는데 믿지도 않는 기독교 성경만 읽으라고 하니 불만이 나오지 않을 수가 없었다.

이승만 탄핵은 구연철이나 동료들이 살아생전에 최초로 겪은 민중의 승리였다. 아니, 4천년 역사를 통틀어보아도 찾을 수 없는, 민중의 힘으로 권력을 내쫓은 최초의 사건이었다. 지난 십여 년간 악마처럼 미워하던 독재자 이승만을 쫓아냈다는 사실만으로도 다들 사기가 올랐다. 패배의식에 빠져 있던 동료들은 이제 다시 싸울 수 있겠다는 용기를 얻었다.

사상범들이 할 수 있는 일은 형무소 관리자들의 부당한 처우와 맞서는 것이었다. 최소한 법에 나온 만큼이라도 대우해

달라는 요구였다. 밥을 정량대로 주고 책을 넣어주고 운동시간도 법에 따라 지켜달라는 요구였다.

투쟁을 조직한 것은 경남도당 부위원장 김병인, 충남도당 선전부장 노상겸, 고려대 교수 신현칠이었다. 김병인은 따뜻하고 부드러운 성품을 가져 누구나 좋아했으나 원칙에서는 대단히 철저한 사람이었다. 세 사람은 요구사항을 걸고 단식투쟁을 하기로 의견을 모았다.

시작을 알리는 일은 굳이 비밀스러울 것도 없었다. 운동장에서 서로 만나거나 복도에서 '내일부터 단식이다!' 하고 소리쳐댐으로써 다음 날부터 바로 단식이 시작되었다.

사상범 60여 명이 일제히 단식에 들어가자 이런 일은 처음 겪는 간수들은 당황해서 어떻게 대응해야 할지를 몰랐다. 이에 훗날 보안과로 바뀌는 계호과장이 직접 나섰다. 평소에도 악질로 악명 높은 자였다. 주동자를 알 수 없던 계호과장은 아무나 몇 명을 잡아 표본으로 삼아 반쯤 죽여놓으려고 했다.

단식 사흘째 되던 날, 구연철과 신현칠 등이 수감되어 있던 3방의 방문이 벌컥 열리더니 간수들이 와당탕 쏟아져 들어왔다. 계호과장은 맨 앞에 앉은 구연철을 딱 지목해 끌어내라고 명령했다.

간수들이 우르르 달려들었고 동시에 감방동료들도 그를 뺏기지 않으려고 달려들었다. 가뜩이나 왜소한 몸매에 사흘을 굶어 힘이 쭉 빠져 있던 구연철은 양쪽에서 팔다리며 허리를 잡아당기는 간수와 동료들 사이에서 숨도 쉴 수가 없었다.

사흘 굶은 사람들이 건장한 간수들을 이길 수는 없었다. 구연철은 기어이 복도로 질질 끌려 나갔다.

"식사 정량 지켜라! 운동시간 지켜라!"

일으켜 세우려는 간수들을 뿌리치고 걷어차며 드러누운 채 고래고래 소리를 질러댔다. 방마다 동료들이 창틀에 얼굴을 대고 고함을 지르고 문짝을 걷어차고 난리가 났다. 질질 끌고 가던 간수들은 안 되겠는지 댓 명이 달라붙어 그를 번쩍 들고 계호과로 향했다.

계호과의 시멘트 바닥에 그를 내동댕이친 간수들은 팔다리를 칭칭 묶기 시작했다. 간수 하나는 긴 몽둥이를 들고 들어왔다. 4사 쪽에서 동료들의 함성이 들려왔다.

"와!"

"사람 내놔라!"

사흘을 굶은 사람들이 어디서 그리 힘이 남았는지 엄청난 고함소리들이 계속되었다. 부산형무소는 부산시내 한복판인 동대신동에 있어 큰 소리가 나면 담장 밖에서도 다 들렸다. 워낙 소란이 크니까 간수들도 막상 묶어놓기는 했어도 때리고 덤벼들지를 못했다.

구연철도 동료들의 고함소리에 힘이 나서 하나도 두렵지 않았다. 동료들이 들을 수 있도록 온 힘을 다해 소리쳐댔다.

"이놈들이 사람 죽인다! 간수들이 사람 잡는다!"

간수가 몽둥이로 바닥을 두드리며 입 다물라고 겁을 줬지만 동료들이 지켜보는 가운데 맞아 죽으면 차라리 영광이라는 생각까지 들었다. 쓰러진 그를 둘러싸고 서서 당장이라도 짓밟을 듯 씩씩대는 간수들에게 소리쳤다.

"그래, 죽여뻬라! 내 사년 동안 산속에서 수십 번도 죽다 살아난 사람이다. 죽는 게 두려우면 여기까지 오지도 않았다. 죽여 봐! 죽여 보란 말이다!"

안팎에서 워낙 거세게 항거하자 간수들이 우왕좌왕하고 있을 때였다. 간수 하나가 문을 열고 뛰어 들어오더니 뭐라고 귀엣말을 했다. 그러자 간수들이 서둘러 묶었던 포승을 풀어버리고 일으켜 세워 방으로 데려가는 것이었다.

한바탕 소란에도 불구하고 한 대도 맞지 않고 방으로 돌아갈 수 있었다. 그가 무사히 활짝 웃는 얼굴로 돌아오자 4동에서는 박수와 환호소리가 터져 나왔다.

알고 보니 서울에서 내려온 법무부 감찰관이 형무소장을 만나던 중이었다. 소장실에까지 함성소리가 들려오자 감찰관이 왜 이리 시끄러운가 물었고 소장이 조용히 시키겠다며 구연철을 돌려보내도록 한 것이었다.

아무래도 민주당 정권이다 보니 감찰관은 사상범들이 왜 항의를 하는가에 관심을 가져주었고, 덕분에 형무소장과 협상이 열리게 되었다. 지도부는 대표만 만나자는 소장의 요구를 거부하고 사상범 60명 전원이 함께 참석하기로 했다.

형무소 강당에 마련된 협상장에 간부급 간수들과 사상범 60명이 마주앉았다. 사상범 쪽에서는 주로 김병인이 발언하고 형무소 쪽에서는 사안에 따라 과장들이 대응했는데 대화 내용은 모두가 들을 수 있었다. 과장들이 말도 안 되는 변명을 하면 여기저기서 항의가 빗발쳤다.

김병인은 교정법까지 바꿀 수는 없더라도 법에 나온 만큼이라도 지키라며 서적반입, 운동시간 등 조목조목 요구사항을 내놓았다. 법무부 감찰관이 보증하는 가운데 다른 조건들은 쉽게 타결되었다. 운동시간은 30분을 보장하기로 했고 서적은 제목에 정치라는 단어만 안 들어가면 허용하기로 서로 양보했다. 문제는 밥이었다. 취사를 담당하는 용도과장이 4등식은 본래 그 양밖에 안 된다고 버텼기 때문이었다.

이 문제 때문에 첫날 협상은 결렬되고 이튿날 협상에서 재소자 측의 감독 아래 밥을 지어보기로 합의가 되었다. 감독 기간은 이틀로, 매번 밥을 지을 때마다 쌀 무게를 재고 밥을 하여 형틀로 찍는 것까지 전 과정에 재소자 측은 물론 법무부 감찰관까지 직접 입회하기로 했다. 밥의 정량 문제는 일반수들도 널리 소식을 알고 있어 대단히 중요했다.

다음 날, 형무소 취사장에서 형무소장과 감찰관이 지켜보는 앞에서 밥을 짓게 되었다. 취사장에 사상범 60명이 다 들어갈 수는 없어 구연철을 포함해 열 명만 입회했다.

죄수가 3천 명이나 되기 때문에 밥의 양이 엄청났다. 죄수의 숫자와 정량에 맞춰 20킬로그램들이 쌀 포대를 풀어 밥을 짓는 것을 일일이 감독했다. 그런데 이상했다. 분명 포대 숫자를 정확히 맞춰서 밥을 했는데, 형틀로 찍어 보니 평소에 나오는 크기밖에 만들 수가 없었다. 도저히 이해할 수 없는 현상이었다. 저녁 한 끼니를 똑같은 방법으로 더 해봤지만 마찬가지였다.

도저히 이해할 수 없는 현상에 다들 의아한 얼굴로 감방으로 돌아가는데 일반수들이 창문으로 내다보며 어떻게 된 거냐고 소리쳐댔다. 밥이 똑같이 나왔다고, 어떻게 밥을 했기에 똑같으냐고 난리였다. 그렇지 않아도 잡범들은 사상범들을 빨갱이라고 부르며 기피해왔는데 기세 좋게 밀고 나갔다가 아무것도 밝혀내지 못했으니 말만 많은 빨갱이란 말이 먹혀드는 순간이었다.

기가 막혔다. 신현칠도, 구연철도 밤새 잠을 못 잤다. 분명히 뭔가 잘못되었는데 증거를 찾을 수 없으니 도저히 이해가 되지를 않았다. 생각하다 못한 지도부는 다음 날은 눈으로만 볼 게 아니라 직접 밥을 해보기로 했다.

이튿날, 감독을 맡은 열 명이 쌀 포대 푸는 일부터 시작했다. 쌀을 미국에서 직수입할 때라 포대에 영어로 기재가 되어 있었다. 영어를 잘 아는 신현철이 포대를 자세히 읽어보더니 고개를 갸우뚱했다.

"20킬로라고 써 있는 게 맞는데?"

신현철은 의아해하면서 쌀 포대를 저울에 올려보더니 버럭 고함을 질렀다.

"아니, 이거 15킬로밖에 안 되잖아!"

비밀은 밝혀졌다. 포대에는 20킬로그램이라 쓰여 있지만 내용물은 15킬로그램밖에 되지 않았던 것이다. 애초에 쌀 포대에 쌀을 덜 넣고 포장한 것이었다. 콩과 보리가 담긴 포대들도 마찬가지였다. 어떤 것은 20킬로그램 포장 안에 12킬로그램밖에 들어 있지 않은 것도 있었다.

양복에 넥타이까지 매고 서서 지켜보던 감찰관에게 저울을 보여주니 깜짝 놀라 형무소장을 다그쳤다. 형무소장 역시 몰랐던 일인 듯 식재료 보급을 담당한 용도과장에게 호통을 쳤다. 용도과장이 식량을 빼돌리고 있었던 것이다.

구연철과 동료들은 감찰관 앞에서 원래 무게대로 포대를 채워 밥을 해보았다. 밥의 양이 엄청났다. 4등 가다로 찍어보니 전날과는 비교도 할 수 없게 컸다. 최소한 30%는 빼돌렸으니 당연한 일이었다.

배식을 끝내고 감방으로 돌아가는데 일반수들이 함성을 지르고 박수를 치며 난리였다. 빨갱이라며 경계하고 혐오하던 이들을 하룻밤 사이에 영웅으로 받드는 것이었다. 이 일로 사상범들의 위신은 상당히 높아졌다.

쌀 사건으로 죄수들뿐 아니라 간수 중에도 사상범들에 대한 시각을 달리하는 사람이 생겼다. 구연철도 간수 한 명과 친해졌다. 예전이라면 있을 수 없는 일이었다.

구연철이 간수와 친하게 된 것은 도서 구입 때문이었다. 서적 반입이 허용되면서 사상범들 사이에 큰 인기를 끈 책이 한 권 있었다. 김수룡이 부인에게 부탁해 반입한 책으로, 소련과학아카데미에서 발행한 '경제학 소사전'이었다.

소련공산당의 주장이 그대로 담긴 이 책이 들어온 것은 경제학이라는 제목 때문이었다. 일본 와세다 대학에서 일본어로 번역해 출간했기 때문에 무식한 간수들은 내용을 읽어볼 수 없었다. 경제학을 배워 석방된 후 돈을 벌려는 거라고 말해 반입이 허가되었다.

경제학 소사전에는 사회주의의 역사와 용어들이 자세히 해설되어 있었다. 레닌의 저서들을 요약한 항목이나 무산계급의 독재니 제국주의의 몰락이니 잉여가치론이니 하는 주제에 대한 설명들이 논리정연하고 쉽게 설명되어 있었다.

특히 6·25전쟁에 관한 설명은 빨치산 출신들에게 인기가 있었다. 전쟁이 일어나기 3개월 전에 미 국무장관 덜레스가 한국을 방문해 38선을 시찰한 것이 곧 전쟁준비의 일환이었음을 설명하고 이승만 군대가 38선 이북을 5킬로미터 이상 침범한 여러 사건들을 제시해 6·25전쟁이 미국의 도발로 시작되었음을 주장하는 내용이었다.

사회주의자들에게는 소련 학술원에서 출간한 경제학 소사전이야말로 복음이었다. 책은 한 권뿐인데 읽으려는 사람이 너무 많았다. 일본어에 자신 있던 구연철도 꼭 경제학 소사전을 구입해 읽고 싶었다. 그러나 돈도 없고 면회 오는 사람이 없으니 부탁할 상대도 없었다.

마침 선량한 젊은 간수 하나가 친절하게 대해왔다. 밥 사건 이후로 사상범들에 대해 좋게 보게 된 간수 중 한 명이었다. 젊은 간수는 방문 앞을 지날 때면 인사도 하고 잠깐씩 이야기도 나누며 친해졌다. 운동장에 나가면 운동은 않고 간수와 이러저런 이야기도 나눌 정도가 되었다. 본래 착하고 이해심이 많았던 간수는 공부를 하고 싶다는 그의 말을 동정해 자기 돈으로 경제학사전을 구입해 넣어주었다.

구연철은 혹시라도 검방 때 걸릴까 싶어 목차 중에서 조선전쟁이란 항목이 들어 있는 부분은 찢어 없앴다. 그리고 밤잠을 안 자며 읽었다. 사회주의 용어와 기본이론은 달달 외우다시피 했다.

책이 두 권이 되었으니 돌아가며 공부를 할 수도 있었다. 한 주일은 이 방에서 보고 다음 주일에는 저 방에서 보는 식이었다. 방마다 일본어를 할 수 있는 사람이 있어 책을 읽고 설명해주었다. 마음 착한 간수가 사준 경제학 소사전은 이후 오십년이 넘도록 구연철이 가장 아끼는 책이 되었다.

그러나 좋은 시절은 얼마 가지 않았다. 4·19혁명이 성공한 지 불과 1년 만에 육군소장 박정희가 군사반란을 일으켜 정권을 장악하면서 이승만 시대보다 더 살벌한 군사독재가 시작되었다. 박정희는 반공을 제1의 국시로 삼고 민주주의와 진보운동 탄압에 나섰다. 4·19혁명 직후 미미하게 회생하던 통일운동이나 노동운동은 철퇴를 맞았다.

심지어는 전쟁 초기 이승만에 의해 학살당한 보도연맹 사건을 밝히려는 유가족들을 체포해 사형까지 구형하기도 했다. 실제 사형을 시키지는 않았지만 극우파시즘의 공포정치는 이남의 모든 정치와 문화를 얼어붙게 만들었다. 파시즘 고유의 법칙대로, 극우정권 아래 날개를 단 것은 소수 독점재벌뿐이었다. 군사독재와 독점재벌의 밀월이라는, 전형적인 파시즘의 시작이었다. 독점재벌의 급성장으로 나라의 경제적 외형은 급속히 커졌으나 빈부격차와 민주주의 퇴보라는 희생을 치러야 했다.

박정희는 전국의 감옥에 흩어져 있던 사상범들도 대전형무소로 몰아 집중관리토록 했다. 수백 명의 장기수들이 대전형무소로 이송되어 한 방에 댓 명씩 수용되었다. 빨치산 출신들만 있는 게 아니고 전쟁이 끝난 후 이북에서 지하당 재건이나 정보 수집을 위해 밀파되었다가 체포된 사람도 많았다. 민주당 정권 때 석방되었다가 다시 구속된 빨치산 출신들도 있었다. 사상범이 수용된 방만 해도 1백 개가 넘었다.

군사독재 치하의 사상범 관리는 엄중했다. 부산형무소처럼 소리 내어 통방을 하거나 복도에서 만나 대화하는 것도 일체 엄하게 금지시켰다. 운동시간에 서로 스치며 얼굴이나 쳐다보고 말 없는 눈인사를 나누는 게 고작이었다. 처음 보는 사이라도 한 다리만 걸치면 다들 알 만한 사이였고 대화만 할 수 있으면 금방 피를 나눈 동지가 되기 마련인데 참 답답했다. 책 반입도 어려워졌는데 경제학 소사전은 여전히 소지가 가능해 한 방 사람들끼리 같은 책을 보고 또 보며 외우다시피 하는 게 전부였다.

답답하게 한 일 년쯤 지났을까, 형무소라는 명칭이 교도소로 바뀐 무렵이었다. 누군가 기발한 통신방법을 퍼트렸다. 자음과 모음을 숫자화시켜 해당 글자의 숫자만큼 벽을 두드려 통방하는 방식으로, 일제강점기 항일운동가들이 감옥에서 쓰던 방식이 되살아난 것이었다.

단추같이 작고 딱딱한 물건으로 시멘트벽을 두드려 신호를 보내는데, 기역이면 한 번, 니은이면 두 번하는 식으로 먼저 자음을 치고 이어 모음의 숫자를 두드려 단어를 만들었다. 자음의 순서가 늦어 두드리는 횟수가 너무 많은 키읔 같은 경우는 세 번 따닥따닥 두드린 후 크게 탁 치는 식으로 해결했고 모음들 역시 나름대로의 규칙에 따라 두드리는 숫자를 최소화했다. 실수해 잘못 쳤으면 쓱쓱 문지르는 소리를 낸 다음 처음부터 다시 쳤다.

옆방에서 듣는 사람도 온 신경을 집중해야 했다. 귀를 벽에 붙이고 듣다가 이해가 안 되면 탕 쳐서 다시 보내달라고 신호를 해가며 한 자 한 자 글자를 완성해 덧붙여나갔다. 또 한 사람은 성경책 뚜껑처럼 두꺼운 종이에 비누칠을 하고 비닐을 덮은 글자판을 들고 나무젓가락으로 글자를 받아 적어 모두에게 보여주었다. 다들 읽고 나면 비닐을 들어 올려 글씨를 지우고 다시 덮어 받아썼다.

이렇게 힘들여 통신하는 내용은 주로 공산당선언이라던가 잉여가치론 같은 사회주의 이론들이었다. 다들 재판 받은 지 오래고 새로 들어오는 사람도 없으니 새로운 소식은 별로 없었다. 누군가 외우고 있는 공산당선언을 옆방으로 두드려 전달하고 다시 또 옆방으로 전달하다 보면 문장 하나가 맨 끝까지 도달하는 데 며칠이 걸리는지도 알 수 없었다. 그래도 좋았다. 다들 짧아도 십여 년, 길면 죽는 날까지 수십 년의 감옥살이가 남아 있었다. 어차피 온종일 아무 할 일이 없으니 옆방에서 통방하자고 쿵쿵 두드려 오면 다들 기뻐서 눈이 반짝였다. 한 사람은 문창살에 매달려 간수가 오는가를 감시하고 나머지는 머리를 맞대고 앉아 비닐판에 적혀 나가는 문구들을 읽으며 고개를 끄덕였다.

감시 방법도 갈수록 발전해서 운동장을 오가며 주은 손톱보다도 작은 유리조각의 한 면에 밥풀로 까만 종이를 붙여서 초소형 거울을 만들었다. 그것을 손가락에 붙이고 문창살 사이로 살짝 내밀면 복도 끝에 앉은 간수가 보였다. 간수가 일어나 순찰하러 오는 걸 보고 '온다!'고 속삭이면 부호를 때리던 이가 벽을 쾅 쳐서 중지 신호를 보냈다. 그리고 모두들 방문을 향해 나란히 책상다리를 하고 앉아 시치미를 뚝 떼고 있었다.

인류역사에 유래가 없을, 수백 명 정치범에 대한 수십 년의 감옥살이 속에서 일어나는 웃을 수도 울 수도 없는 일들은 너무나 많았다. 한때 험준한 산악지대를 누비며 세계 최강이라던 미군을 공포에 떨게 했던 빨치산들이, 혹은 무장간첩이라는 살벌한 명칭으로 신문을 장식했던 남파공작원들이 그 비좁은 방에서 수십 년을 갇혀 살며 모스부호로 사회주의 이론을 공부하고, 작은 일에 감동하여 어린애들처럼 울고 웃는 모습은 기이한 풍경일 수 있었다. 어쩌면 자신이 생각한 정의를 위해 목숨을 걸 수 있던 것이야말로 그들이 진짜 어린애처럼 순수하고 순박했기 때문인지 몰랐다.

구연철 자신도 마찬가지지만, 감옥의 그 많은 사상범 중에 반공영화에 악역으로 등장하는 피도 눈물도 없는 '빨갱이'는 없었다. 반면, 같은 사상범들조차 감동시킬 만큼 이타적이고 따뜻한 인품을 가진 사람을 찾기는 너무 쉬웠다.

모두가 완벽한 인격자라고는 할 수 없지만, 구연철은 감옥에서 만난 동료들에 대해 다른 누군가에게 설명할 때면 '참 좋은 사람'이라거나 '참 순수한 사람'이라는 수사를 붙이지 않은 경우가 거의 없었다. 말을 하다 보면 자신이 모든 동료를 칭찬하고 있다는 사실을 깨닫지 않을 수 없었다. 구연철 자신이 편안한 성품이다 보니 상대방이 잘해주는 측면도 있겠지만, 진실로 다 좋은 사람들이었기 때문이었다.

그것은 부르주아 사회의 가식적으로 훈련된 인격과는 다른 진정한 순수함이었다. 서로 발을 포개지 않으면 누울 수도 없는 비좁은 감방에서 짧으면 10년, 길면 수십 년을 24시간 내내 함께 살며 검증한 인격이었다. 구연철은 자신들이 잘못된 이념의 길을 걸었다고 생각한 적도 없지만, 설사 실천과정에서 잘못된 점이 있다 할지라도, 적어도 사회주의운동에 투신한 개개인의 인간성은 자본주의 치하에서 자기의 이익만을 위해 살아가는 인간들과는 비교할 수 없이 고귀하다는 사실만큼은 절대 확신했다.

하지만 세상은 그들을 잊었다. 구연철의 가족들도 그랬듯이, 형무소 어딘가에 살아남은 빨치산들이 있다는 사실조차 입에 올려서는 안 되는 금기사항이었다. 박정희 정권이 들어서면서 반독재투쟁으로 감옥에 들어오는 대학생이나 지식인들이 갈수록 늘었지만, 그들 역시 가슴에 빨간 딱지를 붙인 사상범들과는 교류조차 하려 들지 않았다. 심지어 사상범이 말을 걸면 '우리는 당신들과 다르다'며 화를 내는 이도 있었다.

세상이 다시 그들에게 관심을 갖게 된 것은 1972년이 되어서였다. 구연철이 대전에서 7년 옥살이를 마치고 광주교도소로 이감된 지 4년째 되던 무렵이었다. 석방을 2년 남짓 남겨둔 시점이기도 했다.

1970년대 들어서면서 사회주의와 자본주의의 차가운 대립이 일시적이나마 완화되고 있었다. 6·25전쟁과 베트남전을 통해 극단적으로 대립했던 양대 체제는 1969년 미국대통령으로 당선된 닉슨이 막대한 경제적 정치적 부담을 주던 베트남전의 종결, 해외주둔 미군의 단계적 철수, 동맹국의 자주국방 강화 등을 골자로 한 성명을 발표함으로써 해빙 분위기에 접어들었다.

미국이 닉슨독트린이라는 새로운 노선을 택함에 따라 사회주의 소련과 중국도 잇달아 실용주의 노선으로 전환해 자본주의 국가들과 국교수립을 시작했다.

이는 양대 체제가 제각기 경제적, 정치적 어려움을 해소하기 위해 전략적으로 선택한 것으로, 근본적인 이념의 변화라고는 할 수 없었다. 하지만 동서냉전으로 고통받던 많은 사람들에게 일시적이나마 희망을 안겨주었다.

1972년 7월 4일, 박정희 정권의 중앙정보부장 이후락은 자신이 두 달 전인 5월 초에 평양을 극비 방문해 북측과 통일협상을 벌였음을 밝히는 기자회견을 열어 국내외에 큰 충격을 주었다. 5월 말에는 북측 대표로 김영주 부수상이 서울을 극비리에 답방해 남북협상을 했다는 사실도 공개되었다.

이날 이후락은 '7 · 4남북공동성명'이라는 제목으로 남북의 합의내용을 발표했다. 외세에 의존하지 말고 자주적으로 통일할 것, 무력행사에 의하지 않고 평화적으로 실현할 것, 사상과 이념을 초월해 하나의 민족으로 대단결할 것, 이를 위해 상대방에 대한 비방과 무장도발을 중지할 것, 남북 이산가족 상봉을 위한 적십자회담을 촉진할 것 등 예전에는 말도 꺼낼 수 없던 파격적인 내용이었다.

휴전선 너머에 가족을 둔 1천만 명에 이르는 이산가족들은 물론, 야당과 학생들, 재야민주인사들까지 대환영할 수밖에 없었다. 특히 이십 년 가까이 감옥살이를 해온 수백 명의 사상범들에게는 자신의 석방소식 이상으로 반가운 소식이었다. 전혀 엉뚱하게도, 이후락의 발표가 자신들을 끔찍한 고통으로 몰아넣을 줄은 생각도 못했다.

박정희는 진정으로 사회주의와 화해하여 남북통일을 이루려는 의도 따위는 갖고 있지 않았다. 동서화해라는 국제적 분위기를 이용해 독재 권력을 강화하려는 목적뿐이었다. 1970년 대통령선거에서 야당 김대중에게 박빙의 차이로 패배할 뻔했던 박정희는 남북통일이라는 국민적 염원을 자극해 극적으로 지지도를 회복한 다음 곧바로 종신대통령이 되기 위한 개헌작업에 들어갔다. 7 · 4공동성명 후 불과 3개월 만에 선포된 유신헌법이 그것이었다.

박정희는 10월유신이라 불리는 초헌법적 조치를 통해 대통령선거를 간선제로 바꾸고, 연임제한을 없애버렸다. 또 이 새로운 독재 헌법에 대한 일체의 토론을 금지시키는 긴급조치들을 속속 발표했다. 한국적 민주주의라는 이름으로 행해진 종신대통령제였다.

박정희는 평생을 권력만을 추구해온 자였다. 일제 때는 일본육사의 우등생으로 충성을 다하다가 해방 직후 좌익이 득세하자 남로당에 가입했다가 좌익이 몰락하자 동료를 팔아 살아남아 기어이 쿠데타로 정권을 잡은 자였다. 그의 간악함은 7·4성명 후 사상범들에 대한 강제 전향 작업으로 확실히 드러났다.

공동성명의 소식을 듣고 잠시나마 남북통일의 희망을 품었던 장기수 사상범들은 이내 자신들이 끔찍한 함정에 빠졌음을 깨닫게 되었다. 남북교류의 하나로 사상범들을 북송하게 될지도 모른다고 판단한 박정희 정권은 사상범들에게 사상전향을 했다는 서약서를 쓰게 함으로써 북송자를 줄이려는 작업에 들어간 것이다. 전향서를 쓴다고 해서 조기석방하거나 우대를 하는 것도 아니었다. 이들을 이북으로 보내 영웅으로 만들지 않으려는, 한 명이라도 덜 북송하기 위해 벌인 사업일 뿐이었다.

사람의 몸을 강제로 묶어둘 수는 있어도 머릿속의 생각을 강제로 바꿀 수는 없는 법이다. 교육과 설득으로 바꿀 수는 있을지라도 폭력으로 바꾸는 것은 더욱 불가능한 일이다. 더구나 혹독한 고문과 회유를 이겨내고 전향을 거부해 장기수가 된 사상범들이 이제 와서 갑자기 생각을 바꿀 수는 없었다.

박정희 정권도 이 점을 모를 리가 없었다. 그들이 원한 것은 근본적으로 생각을 바꾸라는 게 아니었다. 거짓이라도 상관없으니 생각이 바뀌었다고 서명함으로써 이남 체제의 우월성을 이북에 알리겠다는 것이었다. 또는 북송인원을 최소화함으로써 이남 극우세력의 반발을 줄여보려던 것인지도 몰랐다.

곧 북송되리라는 희망으로 부풀었던 사상범들에겐 날벼락 같은 이야기였다. 전국의 여러 교도소에 흩어져 수감되어 있던 사상범들에 대한 전향 작업은 완강한 반발에 부딪혔고 이내 끔찍한 폭력이 시작되었다. 빨치산이나 간첩은 인간이 아니라고 교육받아온 교도관이나 파렴치범들이 앞장서서 밖에서는 상상도 하기 어려운 폭력을 가했다.

구연철이 수감되어 있던 광주교도소에는 40명 정도의 사상범들이 있었다. 교도소 측은 사상범들을 독방에 가두기 위해 여사까지 비워 40여 개의 방에 나란히 수감하고 있었다. 구연철도 독방에 갇혀 있던 어느 날 교무과에서 호출이 왔기에 가보니 아버지가 돌아가셨다고 알려주었다. 수감된 지 18년 만에 처음 들어보는 가족 소식이었다.

적국의 탄광에서 조센징이라고 멸시천대 받으면서도 오로지 가족을 위해 일을 하루도 쉬지 않고 일하던 아버지였다. 고국에 돌아와 소작농으로 어렵게 살면서도 맏아들 하나를 공부시키기 위해 팔방으로 뛰어다니던 아버지였다. 아들이 어렵게 학비를 대준 대학에서 갑자기 돌아왔을 때도 나무라기보다 무슨 일이 있는가 걱정해주던 아버지였다. 걱정하는 아버지를 볼 면목이 없어 집을 나서 부산으로 떠난 이후 다시는 만나지 못한 채 18년 만에 부고를 듣게 되다니, 무어라 감정을 표현할 수가 없었다. 밀려오는 회한에 가슴이 답답하고 한숨만 나왔다. 그런데 그때 교도관의 말이 정신을 번쩍 나게 했다.

"부모님한테 그만큼 불효했으면 이제 정신 차리고 전향을 해서 어서 나가서 동생들도 돌보고 어머니도 부양해야 되지 않겠습니까? 전향서를 쓰면 우리가 잘 보고해주겠소."

갑자기 가족 소식을 알려주는 의도를 깨달은 구연철은 가슴속으로 흐르던 눈물까지 식어버리는 기분이었다.

"전향이라니요? 그 수많은 애국지사를 죽이고 지금도 친일, 친미 반역자들이 떵떵거리며 잘 사는 이 이남 정권에 충성을 맹세하라는 말입니까? 그렇게는 못합니다."

완강히 거절하고 감방에 돌아와 이웃 감방에 부고를 전하니 동료들이 사방에 소식을 알렸다.

"구연철 동지 아버님이 돌아가셨답니다. 추모의 뜻으로 일일 단식을 하는 게 어떻겠습니까?"

"단식합시다!"

사방에서 호응이 왔다. 40명의 사상범들이 하루 동안 단식을 하며 구연철의 아버지를 추모해주었다.

이날까지만 해도 교도관이 전향하라고 한 말을 그리 심각하게 생각하지는 않았다. 처음 체포되었을 때부터 지금까지 여러 차례 전향을 권유받았으나 일초의 여유도 없이 즉석에서 거부해왔고, 상대방들도 심하게 강요한 적이 없었기 때문이다.

얼마 지나지 않아 이번 전향공작은 예전과 전혀 다르다는 것을 깨닫게 되었다. 구연철뿐 아니라 모든 사상범들을 하나씩 불러 전향을 권유하더니 아무도 말을 듣지 않자 곧바로 폭행을 시작한 것이다.

광주교도소의 전향 작업을 맡은 것은 교무과장 강철영이었다. 그는 단순히 먹고 살기 위해 위에서 시키는 대로 하는 차원을 넘어 도저히 인간이라고 할 수 없는 악독한 짓을 시작했다.

강철영은 독방을 쓰던 이들을 모두 끄집어내 0.75평 방 하나에 네다섯 명씩 몰아넣더니 나중에는 여덟 명까지 집어넣었다. 책은 모조리 빼앗아버리고 옷까지 홀랑 벗겨 그 추운 겨울날 맨몸으로 24시간 내내 앉아 있게 했다. 누우라 해도 누울 수 없이 비좁아 냄새나는 변기통 위에 앉은 사람이 제일 편한 지경이었다. 그해는 유난히 춥고 눈이 많이 왔다. 온방장치라곤 복도 끝의 간수 책상에 놓인 연탄난로 하나뿐이어서 죄수들은 겨울마다 추위에 떨기 마련인데 팬티만 입은 채 며칠 내내 잠도 못 자고 앉아 있으니 고통이 이만저만이 아니었다.

강철영은 그래도 아무도 전향을 하지 않으니까 새로운 방법을 고안해냈다. 일반수 중에 가장 악질적인 범죄로 들어와 사형이나 무기를 받고 복역 중인 흉악범들에게 무슨 짓을 해서라도 전향을 시키면 가석방을 시켜주겠다고 꼬드긴 것이었다. 정무종, 원삼식 등 살인과 강도로 들어온 데다 본래 포악하기 짝이 없는 자들이 그 일을 맡았다.

정무종과 원삼식은 추운 겨울날 새벽에 벌거벗고 앉은 사상범들에게 찬물을 뿌리고 다니거나 야구방망이를 들고 돌아다니다 아무 방이나 뛰어 들어와 닥치는 대로 방망이로 두들겨 패는 것으로 일과를 시작했다. 방마다 아우성과 비명이 터지고 피가 낭자해지면 한 명을 본보기로 끌고 나가 빈 방 아무 데나 집어넣고 온종일 두들겨 팼다. 칭칭 묶어놓고 온갖 기합과 구타를 하다못해 바늘로 온몸을 찔러대며 전향서를 쓰도록 강요했다. 고문의 기술조차 모르는 그들은 장기수들이 온몸이 피투성이가 되거나 말거나, 그 자리에서 죽거나 말거나 무조건 두들겨 패고 짓밟는 것밖에 할 줄 몰랐다. 그 짓을 하루나 이틀 걸러 한 번씩 한 게 아니라 매일같이, 온종일 계속했다.

그래도 좀처럼 전향자가 나오지 않자 나중에는 전향 대상자를 고르는 기준을 바꿨다. 전향 작업의 최우선 순위는 형기가 얼마 남지 않고 이남에 가족이 있는 사람들이었다. 전향 안 하면 석방시키지 않겠다고 협박할 수 있는 데다 석방되어도 이북으로 돌아가지 않을 테니 전향서를 쓰기가 쉬울 거라고 본 것이다. 이남 출신 중에서도 이남에 가족이 없고 형기가 긴 사상범이 다음으로 고초를 당했다.

반면, 이북에 가족이 있으면서 형기가 많이 남은 이들에게는 비교적 폭력의 강도가 약했다. 전향이란 곧 이북에 대한 거부 선언이었다. 북쪽에 가족이 있는 사람들은 전향을 하면 이북이 받아주지 않으리라 생각해 끝까지 버티리라고 보고 공을 들이지 않은 것이다.

결과적으로 그들의 계산이 맞았다. 가장 혹독한 구타와 고문을 당할 수밖에 없던, 이남에 가족이 있고 형기가 얼마 안 남은 이들은 결국 대부분 전향서를 썼다. 이들 중에도 끝까지 버틴 사람들은 양손이 붙잡힌 채 백지에 강제로 지문을 날인당했고 교도관들이 백지에 마음대로 전향서를 써버리기도 했다.

반면, 이북에 가족이 있고 형기가 많이 남은 사람들은 상대적으로 덜 폭력을 당해 대부분 전향서를 쓰지 않고 버틸 수 있었다. 훗날 김대중 정부 시절에 이북으로 송환된 이들이 그들이었다.

어떤 경우든 사람의 사상이 강제로 바뀔 수는 없었다. 다들 수감된 지 20년 가까이 지켜온 사상이 테러로 바뀔 수는 없었다. 전향서를 쓴 사람이나 안 쓴 사람이나 속마음은 조금도 다를 게 없었다.

더욱이 전향서에 날인했다고 해서 그 대가로 일찍 석방되거나 우대를 받은 것도 아니었다. 전쟁 중에 체포되자 목숨을 부지하려고 국군이나 경찰관으로 변신해 어제의 동료들을 잡으러 다녔던 전향자들과는 또 달랐다. 그런 경우는 비겁한 배신자라고 비판하는 게 맞지만, 감옥에서 초죽음이 된 채 강제로 백지에 무인을 찍어야만 했던 이들에게 배신자의 딱지를 붙일 수는 없었다.

전향 테러는 2년 넘게 계속되었고 대부분의 사상범들이 강제로 날인당했다. 하지만 전향공작에 동원되었던 흉악범들은 가석방되지 못했다. 광주교도소는 정무종과 원삼식이 가석방 약속을 지키라고 요구하자 다른 교도소로 이감시켜버렸다. 견디지 못한 정무종은 대구교도소로 이감되자 스스로 목을 매달아 자살했다.

구연철은 전향공작이 막바지에 이르던 무렵에 석방되었다. 1974년 12월 30일, 경남도경 앞 사진관에서 체포된 지 꼭 20년 만이었다. 산에 올라간 날로부터 치면 꼭 24년 만의 사회 귀환이었다.

석방되는 날, 교도소장실에 불려가니 낯선 얼굴들이 기다리고 있었다. 둘은 신병을 인수받으러 온 부산경찰서 형사들이었고 나머지 둘은 남동생들이었다. 24년 만에 만나 얼굴도 알아볼 수가 없는데 남동생이 손을 잡으며 말했다.

"형님! 형님 왔습니까?"

어색해 무어라고 할 말이 없었다. 어머니 생각밖에 나지 않았다.

"어머님은 계시냐?"

동생은 무슨 말인가 모르는 듯 잠깐 머뭇거리다가 이내 대답했다.

"계십니다."

마음이 놓였다. 죽지 않고 살아서 어머니를 뵙는구나, 하는 생각에 긴 옥살이의 설움이 조금은 덜어지는 기분이었다. 동생들이 가져온 사복을 갈아입고 형사들을 따라 교도소를 나섰다. 12월 말의 을씨년스런 날씨였다. 20년 만에 보는 거리의 햇살인데 눈부시지도 따뜻하지도 않았다.

형사들과 함께 광주터미널에서 버스를 타고 부산으로 향했다. 형사들은 부산에 도착해서도 집으로 보내지 않고 남부경찰서에 데려가 요주의 인물에 필요한 서류를 작성하도록 했다. 정보과에서 서류에 지문을 찍고 얼굴 사진을 찍고 있는데 형사 하나가 다가와 다정한 척 반말을 했다.

"임마, 니 참 용하게 살아 나왔구나."

아직도 20년 전 사진관 사건을 기억하고 있었던 것이다. 구연철은 아무 대꾸도 않고 웃어주지도 않았다. 형사도 늙고 자신도 늙었는데 함부로 반말을 하는 게 마땅치 않았다. 감옥에서 간수들이 함부로 반말을 했다면 한바탕 싸웠을 것이다. 하지만 언제든 자신을 감옥에 돌려보낼 수 있는 권력을 가진 자들 앞이니 참아야 했다. 석방은 되었다지만 바깥세상도 감옥과 다르지 않다는 생각이 들 뿐이었다.

정보과에 몇 시간이나 붙잡혀 있다가 형사 두 명의 호송을 받으며 집에 도착하니 저녁 6시가 넘어 있었다. 집이랄 것도 없이, 한 칸짜리 허름한 골방이었다.

맏이인 구연철 아래 일곱 명이나 되는 동생이 있었는데 여동생 셋은 결혼해 나가 살고 결혼 못한 남동생 넷이 그 비좁은 방에 함께 살고 있었다. 그날은 시집간 여동생들까지 일곱 동생이 모두 모여서 그를 맞이했다.

방에 들어가니 밖에서 사진을 찍어대던 형사들도 따라 들어왔다. 자리에 앉기 전에 어머니에게 큰 절을 올려야 하는데 어머니가 보이지를 않았다.

“어머니는 어디 계시냐?”

동생들은 형사들의 눈치를 보며 잠깐 나가셨다고만 했다. 어머니에게 절도 안 올리고 방에 앉을 수는 없었다. 어디 가셨냐고 거듭 물어볼 때였다. 여동생들이 빈 밥상을 들여오더니 물 한 그릇을 떠 올렸다. 그리고 어머니 사진을 올려놓는 것이었다.

“오빠 인사하세요.”

정신이 멍했다. 선 채로 눈만 껌뻑거리고 있었다. 기가 막혀서 눈물도 나오지를 않았다. 한참 동안이나 아무 말도 하지 못하고 멍하니 서서 어머니 영전을 내려다보고 있으려니 여동생 하나가 위로하는 것이었다.

“어머니가 오빠 생각에 하루도 마음 편히 주무신 날이 없어요. 이제 오빠가 나오셨으니 어머니도 마음 편히 가실 수 있을 거예요. 오빠, 마음을 단단히 가집시다.”

그제야 눈물이 핑 돌았다. 쓰러지듯 엎어져 어머니 영전에

절을 올리는데 눈물이 쏟아져 나왔다. 무릎을 꿇고 방바닥을 주먹으로 짚은 채 엉엉 울기 시작했다. 동생들도 훌쩍훌쩍 눈물을 훔치며 고개를 숙였다. 보고 있던 형사들도 안됐는지 내일 경찰서로 오라는 말만 남기고 나가버렸다. 여덟 형제자매는 그제야 서로서로 어깨를 부둥켜안고 마음 놓고 울기 시작했다. 다 함께 얼마나 통곡을 했을까, 구연철이 먼저 정신을 차리고 동생들의 등을 하나씩 두드려주고 안아주며 말했다.

"미안하데이, 니들에게 참 미안하데이. 그래, 그래도 마음 단단히 먹고 새로 시작해보자. 이리 우애 있는 형제들이 있는데 기를 쓰고 살다 보면 어떻게 되지 않겠나. 힘내자."

동생들이 고개를 끄덕여주는 것만도 고마웠다. 그는 힘을 내어 일어나 어머니 영전에 다시 한 번 큰 절을 올렸다. 그렇게 새로운 삶이 시작되었다.

II. 일송과 주송

자본주의 사회에서의 삶은 그에게 또 다른 전쟁이었다. 마흔다섯 나이에 가진 돈이라곤 한 푼도 없이, 아무런 기술도 경력도 없이 전쟁터 같은 자본주의 세상에 던져지니 막막했다.

동생들의 삶도 팍팍하기는 마찬가지였다. 여동생 셋은 아버지가 살아계실 때 결혼을 시켜 어려우나마 남편을 의지해 살아가고 있었지만 남동생 넷은 초등학교만 겨우 나와 사회의 맨 밑바닥 생활을 하고 있었다. 바로 밑인 둘째 동생은 폐타이어를 잘라 밧줄을 만드는 막일을 하고 있었고 셋째는 가구공장에서 기술을 배우고 있었는데 아가씨를 사귀었지만 결혼식 올릴 처지가 못 되었다. 운전하는 넷째 동생이 그나마 나은 편이었지만 수입은 대수롭지 않았다.

마흔다섯 노총각인 구연철부터 스물을 갓 넘은 막내까지 다섯 사내가 움집 같은 방 한 칸에 자취하며 아침에 나가 한밤중에 돌아오는데 버는 돈을 다 모아봤자 저축은커녕 생활

비도 부족했다. 네 명의 동생들을 결혼시킬 책임을 떠맡고 보니 아득했다. 하나둘씩 석방되는 다른 사상범들 중에는 집안이 괜찮아 어렵지 않게 자리를 잡는 사람도 있었으나 그는 어느 누구의 도움도 받을 수 없는, 노동자이자 소작인의 아들이었다.

게다가 사흘에 하루는 경찰서에 가서 신고를 해야 했다. 석방되고 처음 한동안은 매일 갔는데 그나마 줄어든 것이었다. 가봐야 조서를 쓰는 것도 아니고 이야기를 하는 것도 아니었다. 몇 시간씩 정보과 의자에 멀뚱하니 앉혀놓고 '나와 보니 어떻노?', '빨갱이 짓 한 거 후회되지 않나?', '니 사람 몇이나 죽였나?' 하고 비아냥거리는 게 고작이었다.

동생을 따라다니며 막노동이라도 하려 했으나 몸도 따라주지 않는 데다 사흘에 하루는 경찰서에 가느라 쉬어야 하니 아무 일도 할 수가 없었다. 몇 달 뒤부터는 경찰서에 가지 않아도 됐으나 대신 형사들이 매일이다시피 집에 찾아와 동정을 살피고 주위 사람들에게 누가 이 집에 드나들지 않는가를 물어보고 갔다. 정상적인 취직은 불가능했다.

구연철뿐 아니라 파쇼정권에 요시찰로 찍힌 이들의 처지는 비슷했다. 같은 요시찰이라도 민주주의운동이나 야당활동으로 찍힌 사람들은 그래도 좀 나았다. 장기수 출신 혹은 월북자의 가족이나 좌익사건 관련자들은 번듯한 직장에 취업하는 게 거의 불가능했다. 해고 시키라고 압력을 넣지 않더라도, 주기적으로 형사들이 찾아와 동향을 묻고 가는데 고용을 유지하는 사장은 없었다. 형사들이 한밤중에 구둣발로 들이닥쳐 집안을 뒤지고 서신과 전화를 검열하는 것도 기본이었다. 항의라도 했다가는 자식들이 보는 앞에서 따귀를 맞고 욕설을 들어야만 했다. 그나마 구연철은 형사들에게 직접적인 모욕은 당하지 않은 편이었다.

어차피 일도 할 수 없어 몇 달간 쉬고 있으니 몸은 한결 좋아졌다. 시집간 여동생들이 멀지 않은 곳에 살고 있어 반찬도 해다 주고 낮에 와서 밥도 해주어 심리적으로도 안정되었다.

우연히 동래군당 위원장을 했던 박정배와 재회한 것도 마음이 안정되는 데 도움이 되었다.

부산형무소에서 7년을 함께 옥살이했던 박정배는 15년 형을 마치고 출소해 광안리에서 가족으로부터 물려받은 극장을 운영하고 있었다. 어느 날 화물을 실으러 온 트럭운전사가 구연철과 똑같이 닮은 것을 보고 혹시 구연철이를 아는가 물어보았다. 동생이 큰형이라고 말해주자 너무나 반가운 나머지 자기도 감시를 받고 있음에도 몰래 구연철의 집에 찾아왔다.

얼마나 반가운지 몰랐다. 이승만과 미국에 대한 반발로 좌익에 대한 지지가 탄탄했던 예전과 달리, 전쟁을 겪은 이남 사람들은 이념문제에 극도로 과민해져 있었다. 옛날과 너무나 달라진 사회분위기에 적응하지 못하고 있던 구연철에게는 옛 동료와의 만남이 큰 용기가 되었다.

이후에도 박정배는 그를 보고 싶으면 동생에게 만날 장소를 알려주었고, 형사들의 눈을 피해 한밤중에 몰래 만나면 밥도 사주고 용돈도 주며 격려를 아끼지 않았다.

가족들의 애정도 큰 힘이 되었다. 세 여동생은 물론, 그 남편들도 요시찰로 감시받는 그를 경계하지 않고 잘 이해해주었다. 매일이다시피 형사들이 드나드는데도 겁내지 않고 집에 놀러와 위로도 하고 격려도 해주었다. 집안이 초토화되도록 만든 자신을 원망하지 않고 함께하려는 동생들이며 매제들이 그렇게 고마울 수가 없었다.

처음 석방되었을 때는 암담하기만 했는데 주변 사람들이 극진히 아껴주니 무엇이든 할 수 있다는 자신감도 생기고 잘 살아봐야겠다는 욕구도 생겼다.

여동생들은 큰오빠가 결혼을 해야 집안이 안정된다고 생각하고 결혼도 추진했는데 마흔다섯이나 먹은 좌익전과자에게 시집올 여자를 찾기는 힘들었다. 그런데 한 분 있는 이모가 그보다 18살이나 어린 아가씨를 중매했다. 아버지가 부산진역 역장으로 괜찮게 사는 집안의 딸이었다. 도무지 이뤄지기 힘든 중매였는데 이상하게 이야기가 술술 잘 풀렸다. 아가씨가 어린 나이에 결혼을 했다가 실패한 아픔이 있었음을 나중에 알았지만 인습에 매여 살지 않는 구연철에게는 그런 것은 조금도 흠이 되지 않았다.

선을 보았다는 소식을 들은 박정배가 아가씨를 한번 같이 보자고 연락을 해왔다. 결혼은 중대사이니 동지들의 충고를 들어보자는 것이었다. 구연철은 아직까지 만나지 못하고 있었으나 부산에는 일찍 출소한 옛 동지들이 칠팔 명쯤 있었다.

동생을 통해 날을 잡은 박정배는 경찰의 미행을 피해 이들을 몰래 냉면집으로 모이게 하고 구연철과 아가씨를 앞에 앉혀놓았다. 구연철은 결혼보다도 김수용 등 옛 동지들과 만난게 더 감격스러웠다. 아가씨와 이런저런 대화를 해본 동지들은 그녀가 썩 마음에 들어 흡족한 표정들이 되었다.

분위기가 화기애애해졌을 때, 박정배가 심각한 표정으로 이야기를 꺼냈다. 전력을 숨긴 채 결혼하는 것은 여자에게 옳지 않은 일이니 솔직하게 설명해주겠다는 것이었다. 박정배는 구연철이 조국의 통일을 위해 투쟁하다가 감옥에서 20년이나 보냈다는 것, 그렇지만 사람 하나는 성실하다는 것, 여기 모인 동료들이 자신 있게 보증한다고 말했다.

아가씨는 의외로 담담하게 받아들였다. 몇 번 만나면서 그의 따뜻한 인품과 성실성에 마음이 끌린 덕분이었다. 그녀는 감방동료들의 진솔한 추천에 오히려 감동하여 그 자리에서 확실히 결혼을 승낙했다. 세상의 손가락질을 받는 사상범에 가진 재산 한 푼 없고 나이는 아버지뻘인, 더구나 결혼하면 넷이나 되는 시동생들을 돌봐야 하는 최악의 상대였음에도, 오직 인간성 좋고 성실하다는 것 하나만으로 결혼을 승낙한 것이다. 괜찮은 여자라는 동지들의 판단은 옳았다.

동지들은 가진 돈 한 푼 없는 구연철이 소박하나마 예식이라도 올릴 수 있도록 십시일반으로 돈을 모아주었고 매제들이며 남동생들도 조금씩 보태 무난히 결혼식을 올릴 수 있었다. 감옥에서 나온 지 일 년도 되지 않아 얻은 행복이었다.

식은 올렸지만 신혼여행을 갈 돈도 방 한 칸 얻을 돈도 없었다. 여행은 고사하고 신혼 첫날부터 네 남동생과 함께 여섯 식구가 비좁은 방에서 자야 하니 아내에게 미안하기만 했다. 동생들이야 착한 형수가 밥 해주고 빨래 해주니 좋아했지만 신혼의 아내에게는 미안한 노릇이었다.

달리 방법도 없어 잘 참아주는 아내에게 고마워하며 한동안 지내고 있는데 어느 날 박정배가 경찰의 눈을 피해 놀러 왔다가 딱한 사정을 보고 말았다. 박정배는 이렇게 살면 안 된다고 야단을 치고는 광안리에 자기가 아는 집을 소개해주었다. 방 두 칸짜리 사글세방으로 지금까지 살던 방에 비하면 궁전이나 다름없었다. 박정배의 부탁으로 월세도 싸게 해주어 부담도 없었다. 이사하는 날, 다들 얼마나 좋아하는지 몰랐다.

좋은 방은 얻었으나 아무런 생계 대책이 없었다. 일을 하고 싶어도 취직은 불가능했다. 설사 전력을 속이고 취직한다 해도 형사들이 계속 직장에 찾아가 동향조사를 하다 보면 저절로 쫓겨나게 되어 있었다. 다른 빨치산 출신들도 가족의 도움으로 장사라도 하면 다행이었다. 대개 막노동을 하거나 감옥에서 배운 침술로 용돈이나 버는 정도였다.

동생들과 상의한 끝에 손수레 장사를 하기로 했다. 부산진 시장에서 값싼 장신구들을 도매로 떼어다 사다가 재래시장 한 구석에 놓고 파는 일이었다.

처음에 4만 원어치 장신구들을 떼어 시장 한구석에 세워놓고 있으니 제법 장사가 잘 되었다. 하루에 백 원도 팔리고 이백 원도 팔리는데 당시로는 괜찮은 액수였다. 그런데 툭하면 형사들이 근처에 와서 한참씩 지켜보다 사라졌다. 결혼을 하면서 경찰서에 오라 가라는 말은 없어졌지만 감시는 여전한 것이었다.

형사들은 살고 있는 동네의 통장이나 반장에게도 찾아가 구연철의 집에 어떤 사람이 드나드는지 적어서 보고하라고 지시하고 있었다. 당 조직을 하던 사람이라 어디 가도 인심을 잃지 않고 진심으로 따뜻하게 대하니 그 사람들이 오히려 구연철에게 찾아와 형사가 왔다 갔다고 이야기해주며 걱정할 지경이었다.

경찰이 지속적으로 감시를 한 것은 단순히 동향조사를 위해서가 아니라 사회안전법에 따른 것이었다. 구연철이 석방된 직후인 1975년에 제정된 사회안전법은 3년 이상 수형생활을 하고 나온 사상범들을 집중적으로 감시해 재범의 우려가 있다고 판단되면 범법 사실이 없더라도 임의로 재수감할 수 있도록 한 법이었다. 재수감 기간은 2년이었으나 무한정 연장이 가능했다.

대상자들은 일상적으로 감시를 받을 뿐 아니라 3개월에 한 번씩 검찰청에 들어가 지난 3개월 동안의 행적에 대해 자세히 다 적어야 했다. 어느 날 어디서 무얼 하고 누구를 만났는지 잘 기억도 나지 않는 날들을 일일이 기록하느라 하루를 꼬박 뺏기는 일이 보통 고역이 아니었다. 행적에 의심을 사거나 옛 동료들과 모임을 갖는다는 사실이 드러나 재수감된 사람들도 여럿 있었다.

한 명이라도 더 감옥에 다시 집어넣어 공을 세우려는 경찰의 집요한 감시 아래 노점상도 제대로 할 수가 없었다. 매상은 그런대로 유지했으나 매일 수많은 사람과 대화하는 장사다 보니 형사들이 촉각을 세우는 것도 당연했다. 손님들과 이야기만 나눠도 누군가와 접선을 하는 게 아닌가 하는 의심을 받아야만 했다. 매일처럼 근방을 서성거리며 감시하는 형사들 통에 도무지 불안해서 장사를 해먹을 수가 없었다.

결국 때려치우고 동생을 따라 막노동을 시작했다. 남천동의 삼익아파트 신축공사장이 첫 일터였다. 체격이 작고 기술도 없는 그에게 막노동은 쉬운 일이 아니었다. 그래도 힘든 기색이나 나태함을 보이지 않고 온 힘을 다해 일하는 그를 다들 좋아했다. 아이도 하나씩 태어나고 있는데 여기서 못 버티면 살아갈 수 없다는 각오로 죽어라고 일했다.

오십대 중반이 되어 더 이상 힘에 부쳐 못할 때까지 7년이나 막노동을 했다. 그 사이 4만 5천 원에서 시작한 월급이 10

만 원으로 올랐다. 하지만 80년대 초의 십만 원은 공장의 어린 여성노동자 수준이었다. 참으로 어렵게 살았다.

어려움 속에서도 동생들은 하나씩 자립했다. 번듯한 결혼식을 올리지는 못했어도 다들 남자의 처지를 이해하고 아끼는 여자를 만나 분가해 나갔다. 동생들이 어려운 가정환경 속에서도 나쁜 짓 하나 하지 않고 깨끗하게 살아온 것이 고맙고, 가난보다는 사람됨을 보고 결혼해서 열심히 살아주는 제수씨들이 고마웠다.

힘에 부쳐 공사장 일을 못 다니게 되면서 조그마한 빈 점포를 얻어 이불보따리 만드는 일을 시작했다. 전후의 난개발로 보온이 거의 안 되는 싸구려 단독주택이 대부분이던 시절이라 두터운 솜이불이 생활필수품이었다. 이불을 넣고 다니는 커다란 나일론 포대도 수요가 많았다.

아내도 합류했다. 재봉틀 두 대를 놓고 부부가 나란히 앉아 백 장, 이백 장 만들어 부산진 시장에 납품하다 보니 물건도 잘 만들고 신용도 잘 지킨다고 일감이 점점 늘었다. 재미가 있었다. 나중에는 미싱 다섯 대를 들여놓고 아줌마들까지 고용해 제법 살 만했다.

그러나 대량생산 박리다매의 자본주의 법칙은 그 보잘것없는 업종도 비켜가지 않았다. 돈이 된다고 알려지자 큰 자본을 가진 사람들이 너도 나도 뛰어들어 수십 대씩 미싱을 놓고 값싸게 만들어 공급하는데 당할 수가 없었다. 결국 1986년에 기계를 팔고 문을 닫았다.

가게를 정리하고 보니 살길이 막막했다. 시골에 내려가 농사라도 지어야겠다는 생각으로 이리저리 알아보던 중 오리 이야기가 나왔다. 사람들이 오리고기를 별로 좋아하지 않던 시절이었다. 중국이 개방되어 북경아시안 게임이 열리면서 오리고기가 조금씩 알려지고 있는 정도였다. 오리를 키우는 농가조차 거의 없었다. 하지만 구연철은 아직 남들이 안 할 때 시작해야 한다고 생각했다. 오리 기름이 식어도 굳지 않는 좋은 기름이란 점만 제대로 알려도 큰 인기를 끌 것이라고 판단했다.

기왕이면 보통의 흰 오리보다 청둥오리가 더 나을 것 같아 이리저리 알아본 끝에 사천군에 청둥오리를 키우는 사람이 있다는 이야기를 듣게 되었다. 무작정 사천군청에 찾아가 공무원들을 붙잡고 청둥오리를 키우려 하니 사육하는 사람을 찾아달라고 부탁했다. 오리를 거들떠보지도 않던 시절에, 그것도 청둥오리를 키우려 한다니까 군청직원들은 그가 무슨 대학교 연구실에서 나온 교수인 줄로 지레짐작한 듯했다. 교수님이라고 부르며 친절하게 길 안내까지 해주는 것이었다. 모르는 척 따라갔다.

농장에 가보니 청둥오리들이 백 마리 정도 있었다. 낙동강 하구에 가면 흔해 빠진 게 청둥오리지만 이를 키우는 사람은 거의 없었고 사 먹는 이도 없었다. 판로가 없어 힘들어하던 농장주는 기꺼이 열 마리를 분양해주고 키우는 방법까지 상세히 가르쳐주었다.

무작정 오리를 사기는 했으나 키울 곳도 정하지 않은 상태였다. 여기저기 변두리를 돌아다니며 노는 밭을 찾던 끝에 해운대 달맞이고개 밑에 외진 밭 하나를 빌릴 수 있었다. 동해바다가 훤히 내려다보이는 달맞이고개는 나중에 부산 최고의 고급 주택지가 되지만 그때까지는 인적도 드문 외진 곳이었다. 보통 토지임대료를 기준으로 일 년에 십만 원을 주기로 계약을 맺었다.

동생들의 도움으로 값싼 비닐하우스에 부직포를 씌워 축사를 짓고 오토바이도 한 대 샀다. 매일 이른 아침 시내 식당을 돌아다니며 버린 음식찌꺼기를 얻고 시장바닥에 버린 채소 껍질들을 모아 오는 바쁜 나날이 시작되었다.

오리 키우는 일은 재미있었다. 자신이 생겨 사천의 오리농장에서 나머지 오리도 다 사 왔다. 농장 근처에 허름한 방 한 칸 얻어 살았는데 아침마다 축사에 나가 보면 오리 알이 하얗게 깔려 있었다. 아내는 오리 알 줍는 일을 무척 재미있어 했다.

오리 알은 부화장에 맡겨 새끼오리로 데려오기도 하고, 시장에 들고 나가 팔기도 했다. 사람들은 흰 오리의 알은 잘 안 먹었지만 청둥오리 알이라고 하니 약으로 쓰려고 곧잘 사 갔다.

오리 숫자가 나날이 늘어나 수백 마리를 넘어설 무렵부터 예상대로 오리고기 바람이 시작되었다. 어떻게 알았는지 의정부니 거제도니 전국에서 오리를 키우겠다고 찾아왔다. 신나는 일이었다.

처음에는 큰 오리들을 팔았는데 감당할 수가 없어 직접 부화기를 사서 오리를 생산했다. 부화기는 온도와 습도 유지가 중요하기 때문에 집에 들어가지 못하고 축사 옆에 천막을 치고 나무판자로 방을 만들어 살림을 시작했다. 갓 태어난 오리 병아리 한 마리가 3천 원으로 닭보다 훨씬 비싸니 벌이가 괜찮았다.

오리농장 소문이 나면서 그 자리에서 오리를 잡아달라는 사람들도 생겼다. 귀찮고 힘든 일이지만 아무래도 직접 키운 오리를 잡아 요리해주는 게 가장 이윤이 많았다. 천막 안에 탁자며 의자들을 갖다 놓고 솥을 걸어 백숙을 해 팔기 시작했다.

오리 바람이 불면서 지역신문들도 관심을 가지고 찾아왔다. 청둥오리를 키워 성공한 모범사례로 보도하기 위함이었다. 기자들은 좋은 뜻으로 취재해 기사를 올렸고 손님은 더 늘어나 정신없이 바빠졌다.

그런데 신문에 기사가 나가면서 오히려 문제가 생겼다. 누가 민원을 넣었는지 구청직원들이 찾아와 해운대 달맞이고개 일대는 공원지구로 식당이나 가축사육을 할 수 없으니 당장 철거하라고 통보해온 것이다. 그곳이 공원지구라는 것도 몰랐던 구연철로서는 난감한 일이었다.

구청직원들은 몇 번이나 찾아와 축사와 천막을 철수하라고 호통 쳤고 기한 안에 철거하지 않으면 강제 철거한다는 붉은 통보서가 잇달아 날아들었다. 물러날 곳이 없어 버티고 있으니 나중에는 망치와 곡괭이를 든 구청직원들이 몰려와 일부를 철거하기도 했다.

철거반원들이 올 때마다 사정도 하고 싸움도 해서 한 달 한 달 버티기는 했으나 약점을 잡은 구청직원들은 시도 때도 없이 나타나 명절이니 부서회식을 한다느니 하는 이유로 돈을 요구했다. 오만 원, 십만 원씩 집어주어 돌려보내도 그때뿐, 얼마 지나지 않아 다시 몰려와 철거하겠다고 으름장을 놓았다.

도저히 이렇게 해서는 살 수가 없었다. 구연철은 단단히 마음을 먹고 구청장에게 직접 항의하기로 했다.

지방자치제 이전이라 구청장을 중앙정부에서 임명하던 시절이었다. 일개 시민이 구청장을 만나기란 쉽지 않았다. 무작정 찾아가 비서에게 몇 차례나 채근한 끝에 어렵사리 구청장실에 들어갈 수 있었다.

책상에서 서류를 정리하고 있던 구청장은 허름한 잠바 차림에 비쩍 마른 60대 노인이 들어오자 한 번 힐끗 훑어보더니 다시 서류에 시선을 둔 채 앉으라는 말도 없이 거만한 반말로 물었다.

"영감, 뭐 하러 왔소?"

존칭도 없이 영감이라고 함부로 부르는 것도 그렇고 거침

없는 반말도 거슬렸다. 책상 앞으로 다가서서 말했다.

"구청장님, 나는 해운대구 주민입니다. 민원을 청원하러 왔습니다."

구청장은 여전히 쳐다보지도 않고 심드렁하게 물었다.

"내용이 뭐요?"

이렇게까지 하고 싶지는 않았지만 아무래도 정면으로 부딪혀야겠다 싶었다.

"내가 도둑질이나 강도질을 해서가 아니고 남을 사기 친 것도 아니고 내 조국을 위해서 한평생을 살아온 사람입니다. 내가 신불산에서 빨치산으로 수년을 살다가 체포되어서 여기서 말하는 국가보안법 위반이라 해서 이십 년간 징역을 살고 나온 사람입니다."

구청장은 얼떨떨한 눈으로 한참이나 그를 쳐다보더니 비로소 일손을 놓고 소파에 앉으라고 권했다. 그리고 자기도 내려와 맞은편에 앉더니 비서에게 커피까지 가져오게 했다.

"영감, 커피 한 잔 드소. 그래 영감 뭐가 어찌 됐다는 겁니까, 자세히 말해봐요."

구연철은 그동안의 경과를 설명했다.

"내가 외세를 물리치려고 싸우다가 국가보안법으로 감옥살이를 하고 나오니 살길이 없어서 땅 좀 파고 채소 좀 심고 오리 몇 마리 키우며 살아왔습니다. 정식으로 건물을 지은 것도 아니고 비바람 들이치는 천막 안에서 두 내외가 근근이 연명

하고 있는데 당신네 직원들이 매일같이 곡괭이를 들고 와서 부수겠다고 하니 못 살겠습니다. 주변에 집도 없어 민폐를 끼치는 것도 아닌데, 주민을 이리 괴롭히면 되겠습니까?"

말하다 보니 부아가 치밀어 언성이 높아졌다.

"나를 여기서 살 수 있도록 좀 해주십시오. 당신들이 나를 이렇게 괴롭히고 못 살게 굴면 나는 갈 길이 어디 있습니까? 당신들이 정 못 살게 굴면 나는 북으로 가는 수밖에 없잖습니까? 이럴 거 같으면 나를 이북으로 보내주십시오!"

술에 취해 이북에 대해 칭찬만 해도 감옥에 가는 판인데 대놓고 북으로 보내달라고 하니 구청장은 눈이 휘둥그레졌다. 그렇잖아도 이 무렵 재야민주운동의 지도자 문익환 목사가 정부 허가 없이 방북해 나라가 발칵 뒤집혀 있었다. 자기 관할 구역에서 자진 월북하는 사건이라도 생기면 공무원 인생은 종말이었다. 처음 대면할 때의 고압적이고 거만한 태도는 사라지고, 구청장은 구연철의 손을 잡으며 달랬다.

"영감님 이러지 말고, 진정하고 좋게 해결해봅시다."

구청장은 목이 타는 듯 커피를 꿀떡꿀떡 마셔버리고는 비서에게 건축과장을 호출하도록 했다. 여러 차례 오리막사에 찾아왔던 건축과장은 구연철을 보더니 흠칫 놀라서 물었다.

"영감님이 여기 웬 일입니까?"

"청장님한테 물어보소. 내가 뭣 때문에 여기 왔는가."

건축과장은 차렷 자세로 꼿꼿이 서서 구청장에게 그동안의 경과를 설명했다. 공원지구라 가축사육이 안 되는데 이 영감이 오리를 키우고 식당까지 하고 있어 철거하지 않으면 안 된다고, 이 영감이 억지를 쓴다고 주장했다.

"알았어. 나가 봐."

구청장은 건축과장을 내보낸 뒤 말했다. 말투도 존댓말로 바뀌었다.

"영감님, 내가 한 번 알아보고 좋게 해결해보도록 할 테니 집에 가서 조용히 있으시오. 알았지요?"

구청장은 약속대로 사흘 후에 구청 간부들을 이끌고 오리농장을 방문했다. 구연철은 모르는 척 인사도 않고 서 있었다. 직원 하나가 다가와 구청장 오셨으니 인사를 하라고 했지만 그냥 꼿꼿이 서 있자 십 분 넘게 사방을 둘러본 구청장이 먼저 다가와 말했다.

"영감, 사실 여기는 이런 것 하면 안 되는 곳인데 내가 청장으로 있을 동안에는 눈감아줄 테니 조용히 지내도록 하시오. 민원 안 생기게 주위를 좀 깨끗하게 하고, 산불 나기 쉬우니까 화재도 조심하고. 알았지요?"

고맙다고 응답하니 할 말이 없어진 건축과장은 옆에서 씩 웃고 있다가 가버렸다. 이후로는 더 이상 철거반이 오지 않았다. 그때가 1989년이었다.

구청장의 개인적인 호의도 작용했으나 행정관청이 이 정도로 부드러워진 것은 오랜 민주화투쟁의 결과였다. 끝없는 권력욕의 노예였던 박정희가 1979년 부하의 총에 맞아 죽은 후에도 전두환 일파에 의해 계속되던 군부독재는 1987년의 6월 민주화항쟁으로 기세가 한풀 꺾인 상태였다. 역시 군부 출신인 노태우가 대통령이 되었으나 거듭 터져 나오는 민주화시위와 노동운동에 밀려 예전처럼 강압적인 통치를 하지는 못하고 있었다.

사상범에 대한 통제까지 완전히 사라진 것은 아니었다. 이 무렵인 1989년 봄 김병인이 76세로 사망했을 때까지도 사회안전법이 적용되어 장례식조차 마음대로 치르기가 힘들었다.

경남지역에서 체포된 빨치산 중 최고위직이던 김병인은 유난히 혹독한 고문을 당한 데다 감옥에서도 모든 투쟁마다 맨 앞장서서 싸우느라 몸이 많이 상해 있었다. 석방되고도 계속 병마에 시달렸는데 자녀도 하나 없고 부유했던 집안도 몰락해 돌봐줄 사람도 없었다. 끝내 병원에서 사망했을 때 장례를 치를 사람이라고는 대구에 사는 사촌동생 한 사람뿐이었다.

옛 동지들은 경남도당의 마지막 위원장이 장례식도 없이 화장되어 버려지는 일만큼은 막기로 했다. 생각다 못해 동료들이 가족으로 위장해 장례를 주도하기로 했다. 경찰이 문제 삼으면 다시 감옥에 갈 각오였다. 박판수, 하태연, 최상원 등 여덟 명의 동료들이 가족으로 시신을 인수해 마산 인근의 공원묘지에 안치할 수 있었다. 그날 참석자라고는 모두 합쳐 십여 명밖에 안 되었다. 그런데 멀찌감치 그보다 더 훨씬 많은 숫자의 형사들이 지켜보고 있었다. 학생들이 가세해 시위라도 벌일까 봐 경계한 것이었다.

하지만 더 이상 역사의 흐름을 가로막을 수 있는 세력은 없었다. 거꾸로 흘러가는 역사를 바로잡아보려고 온몸을 내던졌던 젊은 시절을 가진 그에게 종전 이후 30년 넘게 계속된 파시즘은 역사의 강물이 얼어붙은 것과 같은 시간이었다. 하지만 강물은 결코 바다를 포기하지 않는다는 말처럼, 도도한 역사의 물결은 다시 흐르기 시작했다. 1990년대 들어서 민주화의 속도는 더욱 빨라졌다. 1997년 이후로는 민주화투쟁의 상징이던 김대중 대통령과 노무현 대통령이 차례로 집권하면서 정치나 법률뿐 아니라 언론, 학술, 문화 등 근본 분야에서도 보이지 않는 많은 변화가 이뤄졌다.

원리원칙대로 따지자면 두 대통령 역시 잘한 것보다 미흡한 부분이 더 많음을 구연철도 잘 알았다. 하지만 너무나 깊고 아픈 격동의 시대를 겪었던 그에게는 성급한 원리주의가 더 위험해 보였다. 바다가 강물의 끝이라고 해서, 온갖 장애가 가로막고 있다고 해서 강물이 강을 버리고 하늘로 날아올라 바다로 갈 수는 없다는 생각이었다.

달맞이고개 오리농장은 민주주의의 대약진과 늘 함께했다. 1989년에 문을 연 이래 20년간 부산과 경남지역 진보운동가들의 명소가 되었다. 운동가들이 더 이상 숨어서 몰래 만날 필요가 없어진 덕분이기도 했다. 60개가 넘는 부산 경남의 사회

단체들이 중요한 토론 모임이나 회식 모임을 가지려면 먼저 구연철의 오리농장을 찾았다. 한진중공업, 현대자동차, 대우정밀 같은 대기업 노동자들도 많이 찾아왔다. 바다가 내려다 보이는 청정한 숲속인데다 주위에 민가가 없어 밤새 떠들어도 좋았기 때문이었다.

오리농장은 과거사와 현대사가 만나는 현장이기도 했다. 80년대 후반까지만 해도 빨치산 출신들에 대해서는 은근히 경계를 하던 민주화운동가들이 구연철과 동료들을 통해 역사를 알게 되면서 운동의 선배들에 대한 존중심도 갖게 되었다.

구연철에게는 오리농장을 찾아주는 모두가 고마운 사람들이었다. 도움받은 만큼 조금씩이나마 후원을 하면서도 자그마한 서민 아파트도 사고 두 아이도 반듯하게 키울 수 있었다.

오리농장은 2009년 겨울에 문을 닫았다. 논밭뿐이던 달맞이고개가 고급 주택가로 바뀌어 자꾸 민원도 들어오고 그의 나이도 80이 되어 일하기도 힘들어졌기 때문이었다. 남은 것은 소박한 아파트 한 채뿐, 모아놓은 재산은 없어도 아들이 장성해 취업하면서 기본 생활은 유지하는 평범한 노인이 되었다.

세상도 많이 변했다. 사회주의 항일운동가들도 국가유공자로 인정받기 시작했고 제주도 학살이나 보도연맹 사건에 대한 국가적 사과와 보상도 진행되었다. 인민군 점령지역 안에 있었다는 이유만으로 집단 학살된 노근리 사건과 거창 신원면 사건 등 이승만이 저지른 대학살의 일부도 진상규명이 이뤄졌다. 아직 극히 일부에 지나지 않고 2007년 보수정권이 재집권하면서 다시 유야무야되고는 있지만 일단 흐르기 시작한 물결을 막을 수는 없다고, 구연철은 믿었다.

그러나 정치민주화와 상관없이 자본주의 경제모순은 더욱 심화되었다. 한동안 노동운동에 밀렸던 자본계급의 역공으로 노동자의 절반 이상이 비정규직화되어 기본적인 인간의 존엄성을 위협받게 되었다. 무한경쟁으로 내몰린 젊은 세대들은 물질적으로는 풍요로우나 정신적으로는 황폐한 세상을 살아가게 되었다.

아직도 완벽한 민주주의의 길은 멀고, 자본주의 모순은 심화되는데 80년대를 흔들었던 진보를 향한 열정은 갈수록 식어가는 것처럼 보였다. 조국과 민족의 번영, 계급 없는 진정한 민주주의의 구현, 궁극적으로 모든 인간이 인간답게 살아가는 평등한 세상을 만들려는 고귀한 희생 따위는 전세대의 고리타분한 유물로 퇴색한 세상이 된 것 같았다.

하지만 구연철에게 희망이 없는 세상이란 존재하지 않았다. 국군의 총구에 포위되어 영하 25도의 혹한을 몇 번이나 넘겼던 그에게 넘지 못할 조건 따위는 없었다. 인간이 존재하는 한 진보의 시계는 결코 멈추지 않는다고 그는 믿었다.

진보운동의 과제 중에서도 가장 큰 문제는 당연히 통일이라고 생각했다. 그에게 조국은 늘 하나였다. 누구와 이야기를 하든 통일을 전제로 하지 않고는 대화하지 않았다. 민족통일에 관한 이야기를 하다 보면 자연히 사회과학이나 철학적인 이야기도 하게 되었다.

1993년 3월 19일 대표적인 장기수이던 이인모가 이북으로 송환되었다. 빨치산 활동으로 체포되어 7년 옥살이를 하고 나온 후에도 다시 지하조직을 시도하다가 체포되어 또 감옥살이를 한 이인모는 구연철과 같은 감방에서 살았던 사이였다. 2000년 9월 2일에는 63명의 비전향 장기수가 이북으로 돌아갔다. 그들 역시 구연철과 감옥살이를 함께했던 동료들이었다.

구연철은 옛 동료들이 북으로 송환되는 것을 보며 부러운 마음도 있었지만 그보다는 죽는 그날까지 이남 땅에서 통일운동을 하겠다는 결심이 더 컸다. 그의 말년은 온전히 통일운동에 바쳐졌다. 민족통일에 관한 토론이라면 밤을 새워도 끝나지 않았다.

구연철이 생각하는 통일의 방법은 쉽지도 어렵지도 않았다. 분단 65년의 세월은 남북의 민중들에게 경제적인 측면뿐 아니라 정신적으로도 큰 차이를 만들어냈으므로 이를 해소하기 위해서는 상당한 시일이 필요하리라고 전제되었다. 이에 따라 우선 1국가 2체제의 연방공화국을 만들어서 이북은 사회주의를, 이남은 자본주의를 유지하는 상태에서 오랜 기간 동안 교류할 필요가 있다고 보았다. 연방만 된다면 이미 하나의 국가가 된 것이므로 그 기간이 수십 년이라도 상관없었다. 남북이 왕래하는 과정에서 서로가 수용할 것은 수용하고 배척할 부분은 배척하며 평화적으로 완전한 통일을 이루자는 것이다.

이를 위해 남측은 극우반공적인 배타주의를 버리고, 북측은 중공업 위주의 경제정책에서 경공업도 살리는 정책으로 전환해 인민의 삶의 질을 높여야 한다고 보았다. 이북이 2010년 들어 경공업 발전 정책을 채택하였으므로 이북의 경제사정이 나아지는 것은 시간문제라고도 보았다.

민족의 미래에 대한 그의 전망은 대단히 낙관적이다. 오리집을 할 때도 많은 시간을 통일운동에 보냈지만, 그만둔 이후로는 일주일이면 서너 차례 이상 온갖 집회와 모임을 찾아다니며 통일운동을 전도하는 것이 그의 일과가 되었다. 통일에 직접 관련된 모임뿐 아니라 노동자집회와 파업현장, 민주화 시위현장, 민주노동 열사 추모행사, 진보정당 선거운동 등 어디든 찾아다녔다.

집회나 행사 현장에서, 그는 자신을 드러내지 않고 조용히 자리를 지키고 앉아 있는 편이었다. 그래도 사람들은 그가 와 준 것만으로도 든든하게 생각했다. 그의 존재는 끊어진 역사를 이어주는 징검다리와도 같았다. 사나운 격류에 잠겨 사라진 징검다리를 이어주는 단단한 반석과도 같았다.

오리집을 그만두기 얼마 전, 구연철은 인천지역에서 내려온 민주노총 노동자들과 함께 남도부 부대의 말기 사령부가 있던 갈산고지의 서북 능선에서 조촐한 추모제를 지낸 적이 있었다.

미군의 네이팜탄으로 신불산 일대 소나무들이 거의 불타버리고 잡목들이 새로 자라나 울창한 숲을 이루었는데 신기하게도 지구당사령부와 유격대사령부가 있던 자리의 두 그루 금강송은 불타지 않고 그대로 남아 있었다. 주변의 무수한 잡목 속에서도 죽지 않고 꼿꼿이 해를 향해 솟아 있었다.

그날, 한 노동자가 제안을 하여 사령부 자리의 소나무는 통일소나무라는 뜻으로 '일송'이라 명명하고, 지구당본부 자리에 서 있는 소나무는 자주의 소나무라는 뜻으로 '주송'이라 이름 붙이기로 했다. 둘을 합치면 외세의 힘을 빌리지 않고 자주통일하자는 뜻이 되었다.

따로 명패를 세운 것도 아니지만, 구연철은 이후 사람들과 신불산에 갈 때면 꼭 주송과 일송 앞에서 이름의 유래를 설명해주었다.

주송 앞에 서서 설명을 하노라면 지구당 위원장 이영섭의 커다란 체구며 호탕한 웃음소리가 떠올랐다. 일송 앞에 서면 야생노루같이 날렵하게 전장을 누비고 다니던 하준수의 총명하게 반짝이는 눈매가 떠올랐다. 빨치산의 피와 눈물을 거름 삼아 다시 온 산을 뒤덮은 울창한 온대림을 보면 산중의 외로운 혼으로 남은, 안타깝게 죽어간 동지들의 무수한 얼굴들이 떠올랐다. 바람이 나뭇잎을 흔드는 소리를 들으면 나 잘 싸웠다고 말해달라며 숨져간 소녀대원 김서형의 고운 목소리가 환청이 되어 울려왔다. 일송과 주송은 늘 그의 마음을 흔들어놓았다.

함께 간 사람들은 신불산 험한 산등성이를 뒷마당 산책하듯 가볍게 돌아다니는 팔순 노인을 치켜보면서, 그야말로 일송과 주송 같은 사람이라는 인상을 받았다. 그 많던 동지들 다 사라진 험한 산중에서 동지들의 흔적을 찾아 외로이 배회하는 그의 모습을 보면서, 모진 폭탄 세례와 잡목들의 왕성한 공격에도 쓰러지지 않고 60년 세월을 지켜온 일송과 주송이야말로 구연철의 분신이 아닌가 하는 감동을 받았다.

파래소폭포에서 부인과 함께

간월산에서 신불산을 가리키면서

주송 아래서

일송 아래서

신불산 계곡

빨치산 취사장이 있던 파래소 폭포

650 고지

신불산에서 찾아낸 박격포탄

신불산 유격대 추모제 연설

안재성

1960년 경기 용인 출생.

광주민주화운동과 관련하여 계엄포고령 위반으로, 광산노동운동과 관련하여 국가보안법 위반으로 옥살이를 했다.

장편소설『파업』,『황금이삭』,『경성트로이카』 등을 썼으며 이현상, 이관술, 박헌영 등에 대한 인물평전을 썼다.

노동운동 기록으로는『청계 내 청춘』,『한국노동운동사』 등이 있다.

이념대립으로 가려진 역사와 인물들을 복원하는 일에 열정을 다 하고 있다.

:: 산지니 · 해피북미디어가 펴낸 큰글씨책 ::

문학

랑(전2권) 김문주 장편소설

데린쿠유(전2권) 안지숙 장편소설

볼리비아 우표(전2권) 강이라 소설집

마니석, 고요한 울림(전2권)
페마체덴 지음 | 김미헌 옮김

방마다 문이 열리고 최시은 소설집

해상화열전(전6권) 한방경 지음 | 김영옥 옮김

유산(전2권) 박정선 장편소설

신불산(전2권) 안재성 지음

나의 아버지 박판수(전2권) 안재성 지음

나는 장성택입니다(전2권) 정광모 소설집

우리들, 킴(전2권) 황은덕 소설집

거기서, 도란도란(전2권) 이상섭 팩션집

폭식광대 권리 소설집

생각하는 사람들(전2권) 정영선 장편소설

삼겹살(전2권) 정형남 장편소설

1980(전2권) 노재열 장편소설

물의 시간(전2권) 정영선 장편소설

나는 나(전2권) 가네코 후미코 옥중수기

토스쿠(전2권) 정광모 장편소설

가을의 유머 박정선 장편소설

붉은 등, 닫힌 문, 출구 없음(전2권)
김비 장편소설

편지 정태규 창작집

진경산수 정형남 소설집

노루똥 정형남 소설집

유마도(전2권) 강남주 장편소설

레드 아일랜드(전2권) 김유철 장편소설

화염의 탑(전2권)
후루카와 가오루 지음 | 조정민 옮김

감꽃 떨어질 때(전2권) 정형남 장편소설

칼춤(전2권) 김춘복 장편소설

목화-소설 문익점(전2권) 표성흠 장편소설

번개와 천둥(전2권) 이규정 장편소설

밤의 눈(전2권) 조갑상 장편소설

사할린(전5권) 이규정 현장취재 장편소설

테하차피의 달 조갑상 소설집

무위능력 김종목 시조집

금정산을 보냈다 최영철 시집

인문

파리의 독립운동가 서영해 정상천 지음

삼국유사, 바다를 만나다 정천구 지음

대한민국 명찰답사 33 한정갑 지음

효 사상과 불교 도웅스님 지음

지역에서 행복하게 출판하기 강수걸 외 지음

재미있는 사찰이야기 한정갑 지음

귀농, 참 좋다 장병윤 지음

당당한 안녕-죽음을 배우다 이기숙 지음

모녀5세대 이기숙 지음

한 권으로 읽는 중국문화
공봉진 · 이강인 · 조윤경 지음

차의 책 The Book of Tea
오카쿠라 텐신 지음 | 정천구 옮김

불교(佛敎)와 마음 황정원 지음

논어, 그 일상의 정치(전5권) 정천구 지음

중용, 어울림의 길(전3권) 정천구 지음

맹자, 시대를 찌르다(전5권) 정천구 지음

한비자, 난세의 통치학(전5권) 정천구 지음

대학, 정치를 배우다(전4권) 정천구 지음